KB077527

절대호위

護衛

문용신 新무협 판타지 소설

FANTASTIC ORIENTAL HEROES

절대호위 4

문용신 新무협 판타지 소설

초판 1쇄 찍은 날 § 2014년 12월 12일
초판 1쇄 펴낸 날 § 2014년 12월 19일

지은이 § 문용신
펴낸이 § 서경석

편집부장 § 권태완
편집책임 § 한준만

펴낸곳 § 도서출판 청어람
등록번호 § 제1081-1-89호
등록일자 § 1999. 5. 31
어람번호 § 제2-2546호

주소 § 경기도 부천시 원미구 심곡2동 163-2 서경B/D 3F (우) 420─822
전화 § 032-656-4452 팩스 § 032-656-4453
http://www.chungeoram.com
E-mail § chungeorambook@daum.net

절대호위

護衛

4

문용신 新무협 판타지 소설

FANTASTIC ORIENTAL HEROES

도서출판 청어람

第一章

그놈과 싸우지 마!

그래. 팔 하나, 다리 하나를 잃었지.
그래도 난 천지신명께 감사해. 어쨌든 살아 있으니까.

—죽음의 문턱에서 혼자 살아난 살수

"시시, 쟤 왜 저래? 어딜 가는 거야?"

외수는 잔뜩 화가 돋은 상태로 별원이 아닌 엉뚱한 방향으로 가는 편가연을 보며 눈을 껌뻑였다.

대답을 못 하고 난처해하는 시시. 우물쭈물 외수의 눈치만 봤다.

"뭐야? 방금 그놈들 때문에 화난 게 아니었어?"

외수가 재차 다그치자 안절부절못하고 발을 구르던 시시가 결국엔 입을 열었다.

"네, 공자님. 우선 아가씨부터 좀 말려주세요."

"무슨 일인데?"

"제가 무림삼성에 대해 말씀드렸어요. 공자님을 해치려 한다고."

"그래서?"

"그래서 남궁 가주를 만나러 가는 거예요. 무림삼성의 처소로 찾아가 따지겠다고. 온 세상에 알려서 고개를 들고 다니지 못하게 만들겠대요."

"뭐?"

외수가 편가연을 쳐다보며 뒷머리를 긁적였다. 식식 콧김까지 뿜어대며 남궁세가 본청을 향해 가는 그녀. 어쩔 수 없이 외수는 그녀를 쫓아 움직였다.

"어이! 이봐, 편가연! 거기 서!"

"말리지 마요! 절대 용서 안 할 거예요!"

돌아보지도 않고 걸음만 재촉하는 편가연.

"서라니까!"

결국 외수가 따라붙어 손목을 움켜잡았다.

"왜 서라는 거예요? 이건 그냥 참고 넘어갈 일이 아니잖아요."

"참지 않으면? 그들을 이길 수 있어? 그들의 세력, 그들의 힘, 감당할 수 있어?"

"놔주세요. 그런 것을 떠나 당장 사람이 죽고 사는 문제예요. 그들이 무슨 권리로 사람을 해치겠다는 거죠? 결코 용서할 수 없어요."

손을 빼려 앙탈을 부리는 편가연. 확실히 뿔이 돋은 그녀였다. 평소의 침착하고 빈틈없던 그녀의 모습이 아니었다.

"글쎄, 그만두고 나와 얘기부터 해!"

"싫어요! 그 늙은이들부터 만날래요."

"왜 오늘따라 고집이지?"

"공자님께선 분하지도 않으세요?"

울음이 터질 것처럼 꼭 깨문 아랫입술에 눈까지 벌게진 그녀.

"분해도 현실적이고 능동적으로 대처해야지! 이건 너답지 않게 너무 감정적이잖아. 일단 흥분부터 거둬!"

"싫어요. 그 영감들부터 만날 거예요."

"……"

외수는 감정을 주체하지 못하는 편가연을 가만히 내려다보다가 어쩔 수 없단 듯 고개를 젓고 느닷없이 강제력을 동원했다.

"앗, 무슨 짓이에요?"

발버둥을 치는 편가연. 외수가 그녀를 어깨에 들어 올려 버린 것이다. 이미 한 번 위양호에서 같은 꼴을 경험한 적이 있는 그녀지만, 어떻게 해도 외수의 강한 힘을 이겨낼 수는 없었다.

"시끄러! 그들에게 따지더라도 지금은 아니야!"

외수는 편가연을 둘러멘 상태로 별원 쪽으로 향했다.

뒤따르는 시시가 꼼짝없이 붙잡혀 가는 모습에 픽 웃음을 터트렸다.

"내려줘요! 안 된단 말예요. 가서 그 영감들을 만날 거예요."

"시끄럽다니까! 계속 난리를 치면 엉덩일 때려줄 테니까 알아서 해!"

"······?"

엉덩이?

한순간에 얼굴이 벌겋게 불덩이가 되어버린 편가연이 더 크게 발악을 했다.

"아악, 내려줘요! 내려줘!"

"이 여자가 창피한 것도 모르고!"

외수는 정말 엉덩짝을 때려 버렸다.

짝!

토실토실 살이 오른 엉덩이가 아주 찰진 소리를 내며 울었다.

그 순간 편가연도 뒤따르던 시시도 헛숨을 들이켰다.

"······?"

입에 담은 것도 창피한데, 정말 때려 버릴 줄이야.

거기다 외수는 한술 더 떴다.

"또 발버둥 치면 사람들이 보든 말든 도착할 때까지 때릴 테니까 알아서 해!"

편가연은 더 이상 꼼짝도 할 수 없었다. 무식하기 짝이 없는 인간! 궁외수는 충분히 그러고도 남을 것이라는 걸 인지했기 때문이다.

울고 싶을 만큼 얼굴이 벌게진 편가연. 따라오는 시시가 입을 가리고 연신 키득대고 있어 더더욱 쥐구멍에라도 들어가고 싶은 심정이었다.

외수는 별원 한 귀퉁이에 도착해서야 편가연을 내려놓았다.

돌아선 채 쳐다보지도 못하는 편가연.

"이봐, 편가연!"

"……."

"뭐야, 왜 갑자기 꿀 먹었어?"

"나빠요. 거, 거길… 때리다니."

"뭐?"

외수는 부끄러워하는 편가연의 모습을 뒤로하고 진중하게 말했다.

"그 영감들 내버려 둬!"

편가연이 못 참고 돌아섰다.

"왜요. 왜 그래야 하죠? 당신을 해치려는 건 위태로운 극월세가를 더 구렁텅이로 몰겠다는 거잖아요. 그게 무림을 이끄는 최고의 존장이 할 짓인가요? 저는 분해서 참을 수가 없어요. 그렇게 생각 없는 사람들이 아닐 텐데 어떻게 그럴 수가 있죠. 이건 당신 때문만이 아니라 극월세가를 위해서라도 용서할 수 없는 일이에요."

"용서하지 못하면?"

"당연히 응징해야지요. 세가가 가진 모든 힘을 동원해 그들을 못 살게 만들 거예요."

"바보로군!"

"뭐라고요?"

"극월세가주 편가연은 바보야!"

팔짱을 낀 채 다소 위압적인 표정으로 내려다보는 외수.

"제가 왜 바보예요. 오히려 응징하지 못하는 게 바보죠."

"틀렸어! 내가 죽기라도 했어? 그들이 무슨 짓을 했는데?"

"극월세가를 지켜야 할 사람을 죽이려 한다는 것 자체가 용서할 수 없는 일이라고요."

편가연은 악을 쓰듯 했다.

"말귀를 못 알아듣는군. 좋아! 그래서 그들을 만천하에 고개도 들 수 없게 만들었다고 쳐! 그 후엔 어떡할 건데. 무당파, 아미파, 그리고 또 어디? 점창파? 어쨌든 네 말대로 무림을 이끄는 그 거대문파들을 적으로 돌린 다음엔 어떡할 것이냐고. 난 안 죽었어! 그들이 무슨 수작을 꾸미고 있든 난 아직 그들에게 아직 어떤 해도 입지 않았다고. 그런데 그들을 들쑤셔서 어쩌겠다는 거야?"

외수도 지지 않고 쏘아 붙였다.

"편가연! 지금 너와 극월세가가 해야 할 일은 또 다른 새로운 적을 만드는 것이 아니라 지금 존재하는 적, 정체도 모르는 바로 그 적에 집중할 때야. 엉뚱한 나 때문에 무림에서 가장 큰 영향력을 지닌 그들과 그들 사문까지 등지겠다는 건 정말 어리석은 짓이야. 그건 스스로 극월세가를 포기하겠다는 것과 같아! 어리석게 굴지 마! 그들이 문제를 일으키고 난 뒤에 대응해도 늦지 않아!"

편가연이 울음이 터질 것 같은 눈으로 외수를 노려보았다.

"그러다가 어느 한순간 당신을 죽여 버리면요?"

"……."

악에 받친 편가연의 말.

이번엔 외수가 대꾸를 못했다.

외수는 잠시 편가연을 마주보다 씁쓸한 미소를 짓고 천천히 고개를 저었다.

"미안! 말을 잘못했군. 맞아! 만약 그들이 날 죽이더라도 대응하지 마! 그게 너와 세가를 위해 내릴 수 있는 가장 현명한 선택이니까!"

"……."

외수의 말에 기어이 편가연의 눈시울이 촉촉이 달아올랐다.

외수가 못을 박듯 한마디를 더 붙였다.

"편가연! 굳이 억울하고 못 살겠거든 나중에 해! 너와 세가

를 향한 그 정체 모를 위협이 완전히 제거되어 깨끗이 사라졌을 때, 그때!'

눈물을 참으려 애써 힘을 주는 편가연의 눈을 보며 외수는 바로 돌아섰다.

"알아들은 걸로 알고 들어가겠다. 위사들이 보고 있으니까 딴짓 말고 바로 들어와!"

숙소를 향해 가는 외수. 내려앉는 어둠 속에서 멀어지는 그의 어깨는 짓눌린 어둠보다 더 무거워 보였다.

"아가씨!"

시시가 안쓰러운 얼굴을 하고 조심스럽게 다가서 위로의 말을 건넸다.

"아가씨, 공자님 말씀이 맞아요. 지금은 참으세요. 그 문제는 알아서 잘 대처하실 거예요."

"시시, 난 분해서 견딜 수 없어. 어떻게 그들이 우릴 이렇게 대할 수 있지? 흑흑……!"

"아가씨……."

끝내 울음을 터트리는 편가연이었다.

*　　　*　　　*

"후후, 자네 또 여자를 울렸군!"

숙소로 들어가려던 외수는 문간에 서 있는 자를 확인하고 멈춰 섰다. 언제 온 것인지 편무결이 문에 기대어 서서 웃고 있었다.

"자주 보는구려."

"후훗, 자네가 가연이를 용서해 준 덕분이지. 그녀 곁에 돌아와 줘서 고맙네. 그런 의미로 오늘 밤도 한잔 어떤가?"

또 술병을 꺼내 찰랑찰랑 흔들어 보이는 편무결.

"술꾼이오?"

"글쎄? 자네만 보면 자꾸 술이 마시고 싶어지는군. 친해지고 싶어서 그런가? 하하하하!"

시원한 웃음소릴 들은 편가연이 시시와 달려왔다.

"오라버니?"

"오, 극월세가주!"

"언제 오신 거예요?"

"하하하, 네가 여길 올 줄 알았으면 같이 올 걸 그랬구나."

"갑자기 발생한 일정이에요."

"알아! 어쨌든 이렇게 빨리 다시 볼 수 있어서 좋구나. 밝아진 모습이어서 더 좋고. 그렇게 밝아진 건 아무래도 이 친구 때문이겠지? 너도 한잔할 테냐?"

편무결은 거듭 술병을 흔들어 보였다.

"그럼 날 빼놓고 마실 생각이었어요?"

눈을 흘기는 편가연. 그가 나타난 덕분에 마음이 한결 나아진 듯했다.

"좋아, 들어가자. 그럴 줄 알고 여러 병 준비해 왔으니까."

남궁세가 바깥에 객방을 구해 머무는 편무결은 정말 미리
예견이라도 했던 것처럼 술뿐 아니라 안주거리들까지 푸짐하
게 준비해 놓고 있었다. 뿐만 아니라 숙소에 있던 호위장과
위사들까지 바깥의 동료들과 한잔하고 오라고 다 내보낸 상
태였다.

"왜 밖에서 머무는 거예요?"

같이 자리한 후 편가연이 의아하단 표정으로 물었다.

"하하, 남궁세가가 모두를 다 받을 수는 없지 않느냐. 세가
에서 숙소를 배정하는 사람들은 구대문파와 오대세가의 사람
들, 그리고 그 외 명숙들 정도다."

"하지만 오라버닌……?"

편가연의 표정이 못마땅해졌다.

"하하, 극월세가의 혈족이란 말을 하고 싶은 게냐? 물론 네
위상을 등에 업으면 문제없겠지. 하지만 남궁세가 입장에서
우리 편씨무가는 그들과는 비교도 할 수 없는 작은 가문일 뿐
이야. 난 조금도 섭섭하지 않으니 신경 쓰지 마라."

편무결은 정말 아무렇지 않다는 듯 사온 음식을 풀어놓는
데만 열심이었다.

시시와 사월이가 그릇과 잔 등을 내어오자 그는 바로 술병
을 집어 들었다.

"자, 시작해 볼까!"

무결은 외수와 편가연 앞에 놓인 잔에 술을 채웠다.

그때 외수가 사월이와 같이 서 있는 시시에게로 고개를 돌렸다.

"어이, 주정뱅이! 왜 멀뚱히 서 있는 거야?"

"네?"

"이런 술판에 네가 빠지면 안 되잖아."

"아니, 저, 저는……."

"빨리 와서 앉아! 나중에 업어달라고만 안 하면 돼!"

순식간에 얼굴이 빨개져 버리는 시시.

편가연이 짓궂다는 듯 눈을 흘기며 말했다.

"괜찮아, 시시! 사월이도 이리 와서 앉아."

"저두요?"

어린 사월이가 동그란 눈을 했다.

"그래. 한 잔 정도야 어때? 이제 다 큰 아가씬데."

신이 난 사월이가 시시와 함께 얼른 한쪽 자리를 차지했다.

제법 술잔이 돌아가고 난 뒤 편가연이 무결에게 물었다.

"오라버니, 대회 자신 있으세요?"

"흠, 글쎄? 이 친구 저 친구 하도 성화여서 같이 참가해 보는 것뿐이야."

무결이 멋쩍게 웃었다.

"그나저나 네가 본다니 영 쑥스러운걸. 더구나 궁외수, 이

친구까지 있는데 말이야. 하하하, 흉이나 보지 말아줬음 좋겠
네."

"그게 무슨 말씀이세요? 기대할게요. 오라버닌 옛날부터
오히려 재능은 무열 큰 오라버니보다 더 낫단 평가를 받았었
잖아요."

"후후, 옛날 일이지. 지금은 형과 비교도 할 수 없어!"

"그런데 숙부님과 무열 오라버닌 안 오세요?"

편가연의 물음에 무결의 인상이 빠르게 굳었다.

천천히 입으로 술잔을 가져가는 무결. 그는 한 잔을 비운
다음 마지못한 듯 대답했다.

"오실 거야! 오는 걸 봤으니."

"뵙고 싶어요. 숙부님 뵌 지 오래됐어요."

"그래……."

갑자기 풀이 죽어버린 무결의 표정을 외수가 지그시 쳐다
보았다. 전에도 보았던 슬픔이 밴 표정. 분위기를 바꾸어주고
싶었던 것인지 외수가 처음으로 질문을 던졌다.

"대회는 어떻게 진행되오?"

바로 편무결이 기운을 차렸다.

"아! 첫날인 내일 오전엔 참가자들이 나서서 각자의 무공
을 시연해 보이는 시간이고, 비무는 오후부터 시작해 마지막
날까지 진행되지. 추첨을 통해 비무할 상대를 정하는데 승자
들끼리 계속 맞대결해 나가면서 우승자를 결정하는 방식이

야. 참, 자네도 참가해 보지 않겠는가? 각파의 무공을 경험해 볼 수 있는 좋은 기회가 될 텐데? 대회를 치르다 보면 강호에 뛰어난 인재가 많다는 걸 알게 될 걸세."

"되었소!"

심드렁한 얼굴로 일언지하에 거절하는 외수.

"왜? 너무 가소로워서 그러나?"

"농담하는 거요? 남의 잔치 격 떨어뜨리고 싶지 않소."

외수는 스스로 본능에 따라 단순히 칼을 휘두르는 칼잡이, 싸움꾼일 뿐이라고 생각하고 있었다. 차곡차곡 단계를 밟아 무공을 익힌 정통 무인과는 차이가 있다 여겼다.

하나둘 비어가는 술병.

제법 어둠이 짙어졌을 때, 결국 무결은 흥건히 취한 상태에 서 일어났다.

"오라버니, 그냥 여기서 쉬시라니까요."

편가연이 객잔으로 돌아가려는 무결을 거듭 만류했다.

"흐훗, 아니야! 검과 행낭도 객잔에 있고, 지금까지 떠돌며 살아온 터라 오히려 거기가 편해! 그러니 신경 쓰지 마!"

"하여튼 고집도. 알았어요. 그럼 가서 잘 쉬시고 내일 봐 요."

"그래. 너도 편히 쉬어라! 저 친구랑 속도위반 같은 거 절 대 하지 말고. 낄낄낄!"

"어머!"

무결의 농담에 편가연이 얼굴을 붉혔다.

하지만 무결은 한술 더 떴다.

"낄낄, 아닌가? 어차피 혼인할 사이니 관계없는 건가?"

"오라버닛!"

"하하하! 그럼 난 간다. 내일 보자!"

편가연에게 약을 올려놓은 편무결이 무척이나 흥이 오른 상태를 온몸으로 증명하며 문을 나섰다.

민망해진 편가연이 돌아서질 못하고 머뭇댔다.

외수가 다시 자리로 돌아가 벌렁 나자빠지듯 앉았다.

"그럼 다들 들어가서 자! 난 여기 있다가 위사들 들어오는 것 보고 잘 테니까."

"네, 그럼!"

편가연이 뒤도 안 돌아보고 침실로 들어갔다.

사월이가 그녀를 따라 들어가고 시시가 남아 술자리를 정리했다.

"시시, 편씨무가는 어떤 곳이야?"

의자 깊숙이 몸을 묻은 외수가 지나가는 말처럼 물었다.

술병과 남은 음식을 치우던 시시가 잠깐 허리를 세우고 대답했다.

"음, 솔직히 말씀드리면 무가로서 위상은 크지 않아요. 오히려 극월세가 덕분에 지금의 위상이 유지된다고 봐도 될 정도죠."

"……."

외수가 아무 반응 없이 듣고만 있자 시시는 조금 더 설명을 붙였다.

"그럴 수밖에 없어요. 여기 남궁세가처럼 대대로 이어져 내려온 무공의 뿌리와 역사를 가진 것이 아니니까요. 돌아가신 편장엽 가주님과 달리 무인의 길을 걸으셨던 동생 편장우 가주께서 무가를 세운 뒤 나름 절치부심하신 모양인데 잘 안 되나 봐요. 무림이란 곳이 냉정한 곳이거든요. 특출한 독문무공이 있는 것도 아니고, 제자들이 많은 것도 아니고. 오히려 돌아가신 가주님께서 지원해 주신 돈으로 무가의 위상을 이어가는 것이 냉엄한 현실이니까요."

"음!"

고개를 끄덕이는 외수.

"형제분이 참 다르죠? 한 분은 차갑고 냉철한데 또 한 분은 격의 없는 데다 다정다감하시니 말이에요."

"그렇군."

술기운 때문인지 눈을 감는 외수.

눈치 빠른 시시가 가만있을 리 없었다.

"지금 자리를 봐드릴 테니 들어가서 쉬어요. 호위장과 위사들은 제가 기다릴게요."

하지만 외수는 의자에 푹 기댄 채 가볍게 손을 저었다.

"아냐. 어서 들어가서 쉬어! 난 여기 이대로 있다가 알아서

눈 붙일 테니."

시시는 물끄러미 보고 섰다가 천천히 물러나 방으로 들어
갔다. 그리고 잠시 후 얇은 홑이불 하나를 가지고 나와 외수
의 무릎을 덮어주었다.

"고마워."

"네, 쉬세요. 오늘 하루도 수고하셨어요."

외수가 눈을 감은 채 웅얼거리듯 말하자 시시도 낮게 읊조
리곤 조용히 물러났다.

정적이 흐르는 실내. 담곤과 위사들이 돌아오고 난 후 다시
얼마간의 시간이 흘렀을 즈음, 흐릿한 달빛이 새어 드는 어둠
속에서 편가연의 방문이 조용히 열렸다.

잠옷 차림으로 조심스럽게 나서는 편가연. 그리고 외수의
몸 위로 또 한 장의 홑이불이 덮어졌다.

　

*　　　*　　　*

　

몰려든 사람들이 선점해 버린 바람에 남궁세가로부터 꽤
떨어진 곳에 숙소를 정할 수밖에 없었던 편무결이 취기로 기
분 좋게 흔들리는 몸을 이끌고 객잔에 도착했을 때, 객잔은
여전히 넘쳐 나는 술손님으로 복작대고 있었다.

바로 이 층 자신의 객방으로 향하려던 그가 문득 옆에서 들
려온 귀에 익은 음성 때문에 걸음을 멈추었다.

"이보게, 무결!"

공동파의 송여범.

"아, 송 형! 어쩐 일이오?"

편무결은 그를 향해 기분 좋게 흔들리는 몸을 이끌었다. 하지만 이내 자신을 향한 곱지 않은 다른 눈들이 있다는 것을 확인했다.

"오, 도헌 형과 철영 형도 있었구려."

편무결은 무슨 일인가 싶었다. 그들의 숙소는 다른 곳이었고, 술을 마시러 일부러 여기까지 왔을 린 없었기 때문이었다.

백도헌이 비스듬한 자세로 돌아보며 물었다.

"어디서 기분 좋게 한잔하고 오는 모양이군."

"그렇소. 그런데 얼굴이 왜 그렇소? 다친 게요?"

무결이 눈을 껌뻑대며 백도헌의 얼굴에 난 상처에 주목했다.

더 깊게 일그러지는 백도헌의 인상.

"편가연 가주와 그녀의 정혼자라는 놈과 같이 있다 온 건가?"

"그… 렇소."

"재미 좋군. 우린 말 한 번 붙여보려다 이 꼴이 됐는데."

"……?"

비웃음을 매단 말투. 무결은 입술도 터지고 선명한 멍 자국까지 있는 백도헌을 보며 무언가 일이 있었단 걸 짐작하곤 다른 이들을 돌아보았다.

백도헌과 마찬가지로 평소 사촌 편가연에게 관심이 지대했던 당철영과 모용학 등도 같은 눈초리였고, 그 외 청성파의 천붕이나 그의 사제, 그리고 공동파 석중호 등은 눈길을 피하며 슬그머니 딴청을 부리고 있었다.

무결은 다시 백도헌을 보았다.

"가연일 만났었소?"

"그래, 만났었지. 궁외수라는 그 어린놈도!"

자꾸 '놈놈' 하는 백도헌이 언짢았지만 무결은 일단 속으로 삼키기만 했다.

"무슨 일이 있었던 거요?"

"도대체 어디서 튀어나온 놈이야, 그놈! 어떤 놈이기에 그토록 안하무인이지?"

"설명부터 하시오. 그가 잘못을 했다면!"

무결의 인상도 점점 굳어져 갔다.

"그놈 때문에 오늘 이 수모를 당했지. 인사나 나누자는 의도였는데 놈이 끼어들어 방해를 놨어!"

무결이 바로 받아쳤다.

"이해가 안 되는구려. 단순히 인사만 나누겠다는데 방해했다니. 그럴 리가 없잖소."

"그럼 내가 잘못했단 말이냐?"

백도헌의 눈초리가 날카롭게 찢어졌다.

편무결이 냉정한 눈으로 그를 마주했다.

"그래서 그와 싸웠단 말이오?"

"흥! 놈을 죽일 수도 있었어. 남궁세가 안이 아니었다면 말이야. 하지만 다음엔 장소가 어디든 반드시 그리할 것이야. 결코 용서하지 않겠어!"

"어째서 그러겠단 것이오?"

"놈과 난 이미 악연으로 얽혔어! 이미 풀 수 없지! 그것을 알려주려 왔어!"

"백 형! 너무 말을 함부로 하시는구려. 그가 누구인지 알고도 그런 말을 하시는 거요? 내 사촌 누이, 극월세가 가주의 정혼자를 지금 지극히 개인적이고 사소한 감정 때문에 해를 가하겠다고 천명하는 것이오?"

"풋! 무슨 대단한 놈인 것처럼 말하는구나. 놈의 주변 신분이 어떻든 간에 나에게 그놈은 나를 향해 이빨을 드러낸 놈일 뿐이다."

"정녕 그렇소?"

"그렇다!"

거침없이 내뱉는 노기. 편무결은 잠시 노려보다 비웃음을 머금었다.

"후훗, 그것 참 재미있겠구려. 화산파와 극월세가, 그리고 우리 섬서 무가까지 원한 관계가 얽히는 아주 볼만한 상황이 벌어지겠소. 철이 없는 거요, 아니면 생각이 없는 거요? 어찌 그처럼 철부지같이 행동하는 거요?"

"뭐, 뭣? 철부지?"

"그렇지 않고! 기껏 자기보다 어린 사람에게 지기 싫다고 치기 어린 생각을 하는 백 형의 꼴이 우습지 않소. 고작 그런 그릇이었소? 앞뒤 분간도 못하고 함부로 행동하게? 안하무인 은 오히려 백 형이 그러하구려. 백 형이 그리 대단한 사람이 었소? 칭찬만 해주니 모두가 당신 아래로 보이시오? 화산파 위엔 아무 것도 없는 것으로 보이시오?"

지금까지 조용한 모습만 보였던 편무결과는 너무도 다른 거친 언사가 쏟아졌다. 확 바뀐 그의 모습에 백도헌뿐만 아니 라 다른 자들의 눈도 동그래졌다.

편무결은 거침이 없었다.

"어디 맘대로 해보시오. 그가 당신 아래로 보인다면 하고 싶은 대로 하시오. 어떤 일이 벌어지는지 한 번 구경이나 해 봅시다!"

바들대던 백도헌이 기어이 성질을 못 참고 벌떡 일어섰다.

"편무결! 이 하찮은 놈! 고작 일개 무가의 무지렁이 주제에 그나마 극월세가의 혈족이라고 같이 어울릴 수 있게 해주었 더니 눈에 뵈는 것이 없구나."

백도헌의 막말에도 편무결은 냉엄했다. 그는 당철영과 모 용학 등 다른 이들을 찍어 누르듯이 돌아보며 물었다.

"여러분도 같은 생각이오?"

몇몇이 눈길을 피하며 머뭇댔다. 그중 당철영과 백도헌 다음으로 연장자인 모용학이 말했다.

"편무결, 이렇게 된 데에는 네 잘못도 있다. 우리가 널 가까이했던 이유가 네 사촌 누이와 어떻게든 연관되어 보려는 의도가 있음을 빤히 알고 있으면서도 네가 너무 무심했던 탓이야."

"정녕 그런 것이오? 그래서 정혼자가 나타나자 그에 대한 질투심 때문에 이런 못난 모습을 보이는 게요?"

"편무결! 네가 보지 못해서 그렇다. 우리를 갈가리 찢어 죽이겠다고 대들던 녀석이다. 그녀의 정혼자이기 전에 우리보다 한참 어린 녀석이 그러니 감정이 남을 수밖에."

"가만있는데 그가 그랬단 거요? 안 봐도 빤하구려. 저번 일월천 사람들을 건들 때처럼 영웅심이 또 발휘되었던 것은 아니오?"

"뭐얏?"

카랑!

백도헌의 검이 거친 쇳소리를 일으키며 뽑혀 올랐다.

그 바람에 실내의 모든 눈이 쏠렸다.

눈 하나 깜빡 안 하고 지그시 백도헌의 검을 내려다보는 편무결.

"그 검으로 날 베겠단 것이오? 참으로 경솔하구려. 아무 데서나 맘에 들지 않으면 검을 뽑는 것이 버릇이오? 항상 나쁜 결과만 받아들였으면서 어찌 조금 뒤의 결과도 생각지 않는단 말이오. 날 베어서 화산파나 편씨무가, 그리고 무림에 불러올 파장을 책임질 자신이 있소? 그 검이 나에게 위협이 될 것이라 생각하시오? 결국 휘두르지도 못할 것을 매번 자기 성질에 못 이겨 이렇게 경솔함만 보이니 결국 엉뚱한 악연만 쌓게 되는 것 아니오."

"이, 이놈, 닥치지 못하겠느냐! 당장 검을 가지고 내려와라! 정당한 비무로 네놈의 그 잘난 혓바닥을 잘라 버리겠다!"

"훗, 정당한 비무라!"

편무결이 대책 없는 백도헌을 향해 비웃음을 흘리는 그때 느닷없이 전혀 엉뚱한 고함 소리가 끼어들었다.

"이봐, 주인장!"

갑작스런 데다 쩌렁쩌렁 울려 객잔을 뒤흔들어 놓는 목소리.

나타난 자는 더 어이가 없었다. 그는 말, 아니, 주둥이가 허연 당나귀를 객점 안까지 끌고 들어오고 있었다.

편무결, 백도헌 등은 바로 그를 알아보았다. 일월천 무인들과의 충돌 때 무지막지한 무력을 선보였던 바로 그 꾀죄죄한 영감.

그의 어이없는 등장으로 객잔 안이 고요해졌다.

잠시 놀랐던 점소이가 얼른 달려가 그를 맞았다.

"영감님, 객잔 안에 나귀를 끌고 들어오시면… 안 됩니다."

"흐흠, 그래? 그럼, 네가 술을 같이 마셔주겠느냐?"

"예?"

"혼자 마시기 적적해서 이놈하고 같이 마시려고 그런다. 네가 이 녀석 대신 나와 같이 술을 마셔줄 것이냐고?"

"나, 나귀가 어떻게 술을?"

"아니라면 말리지 마라. 보기엔 이래도 보통 나귀가 아니니라."

점소이가 무슨 말로 대처해야 할지 몰라 어정쩡하게 서 있는 동안 노인은 더욱 안으로 걸음을 재촉했다.

"가서 술과 이놈이 먹을 만한 안주나 잔뜩 내어 와라! 방도 하나 준비하고! 가자, 짝귀야!"

"방이라뇨? 자, 잠도 나귀와 같이 주무신단 뜻입니까?"

"왜 아니겠느냐."

거의 막무가내로 빈자리가 있는 곳으로 찾아가는 노인. 그러다 앞에 있는 편무결을 마주했다.

"엥, 뭐냐? 왜 길을 막고 있어?"

구부정한 자세로 뒷짐을 지고 편무결을 올려다보며 눈알을 뒤룩거리는 노인

"그리고 보니 낯이 익은 놈들이네. 무슨 일이냐? 싸우려는 거냐?"

편무결이 어색한 인사를 했다.

"안… 녕… 하시오."

"그래, 보다시피 안녕하다. 검을 빼든 저 녀석과 한바탕하려는 것이냐? 맨손으로 하려고?"

"……"

편무결이 대꾸를 못하고 어물대는 사이 노인이 들고 있던 자신의 검을 대뜸 편무결에게 떠맡기듯 쥐어주었다.

"옜다, 받아라!"

얼떨결에 노인의 검을 받아버린 편무결.

노인이 편무결을 지나쳐 나귀와 함께 빈자리에 가서 턱하니 앉았다.

"뭐하냐? 어서 한바탕해 보아라. 이왕이면 술맛 돋게끔 신나게! 난 절대 관여하지 않으마. 보아하니 모두를 상대한다면 몰라도 네 앞의 그놈 하나 정돈 충분히 감당할 듯싶다."

흥미롭다는 듯 꼬고 앉은 다리를 까닥거리기까지 하며 실실대는 노인.

그를 보는 백도헌의 얼굴이 가관이었다.

철컥!

결국 검을 거둔 백도헌. 자존심이 무척이나 상한 듯 그는 뒤도 돌아보지 않고 바깥으로 향했다.

그러자 노인이 어김없이 제멋대로 지껄였다.

"어? 왜 그냥 가느냐? 재롱 좀 피워보지 않고?"

백도헌이 나가자 당철영 등도 눈치를 보며 서둘러 따라 나갔다.

"낄낄낄, 반편이 같은 녀석! 쥐뿔도 없는 게 자존심만 살아 가지고."

검을 받아들고 멍청하게 서 있던 편무결이 노인에게 다가 가 정중히 검을 내밀었다.

"감사합니다. 덕분에 불필요한 싸움을 피하게 되었습니 다."

"그래? 그럼 앉아!"

"예?"

"앉으라고. 젊은 놈이 눈치가 없어!"

"아, 알겠습니다."

편무결이 서둘러 마주 앉았다.

"인사해! 내 친구이자 애마 짝귀다."

노인이 턱 끝으로 자기 옆의 나귀를 가리키자 편무결은 기 분 좋게 넙죽 고개까지 숙여보였다.

"하하하, 짝귀 대협! 인사 올리겠습니다. 소인 편무결이라 하니 잘 부탁드립니다."

그 꼴을 보며 노인이 지그시 웃었다.

"녀석, 싹수가 틀린 놈은 아니로구나."

"하하하, 그리 봐주셔서 감사합니다. 그런 의미로 이 자리 술은 제가 사겠습니다."

"얼씨구, 점점 더 이뻐지는구나?"

"점소이! 여기 최고급 술과 안주를 내어 오게! 그리고 짝귀 대협께서 좋아하실 당근 잔뜩 내어오고!"

편무열은 시원하게 고함을 질러 노인을 만족시켰다.

"하하하, 그러잖아도 다시 뵙고 싶었습니다."

"왜?"

"왜라뇨? 그런 엄청난 무공을 보여주셨는데 누군들 다시 뵙고 싶지 않겠습니까."

"무공을 가르쳐 달라느니, 제자 삼아 달라느니 그딴 소리 하면 재미없다!"

"하하, 타고난 자질이 딸려 감히 그럴 주제도 못 됩니다. 단지 제 사촌 누이의 짝인 궁외수란 친구와 인연이 있는 듯해 궁금했을 따름입니다. 혹시 그에게 무공을 가르친 스승이십니까?"

"뭐, 스승? 그놈이 무공을 해?"

"직접 본 것은 아니지만 워낙 무지막지한 친구라서 말이죠."

"무지막지? 제대로 알고 하는 소리야? 뭐, 어쨌든 그런 적 없어! 길에서 한 번 놀아준 준 게 전부야!"

"하하하, 어쨌든 복을 누렸군요. 영감님 같은 절대고수의 한 수를 배웠으니 분명 그에게 큰 영감과 진전이 있었을 것입니다."

"그놈 지금 어딨어?"

"왜요? 만나 보시겠습니까?"

편무결이 눈을 반짝였다.

"아니! 크큭, 놈이 내 물주거든."

"지금 남궁세가에 있습니다만?"

"거긴 왜? 누구랑?"

"제 사촌 누이가 무림 후기지수 대회에 초청을 받는 바람에 지금 그녀와 같이 있습니다."

노인이 수상쩍단 표정으로 괜한 편무결을 째려보았다.

"흠, 무림인도 아닌 상가의 가주를 무림대회에 초청을?"

"하하하, 간혹 있는 일입니다. 거기다 워낙 대부호들이라, 하하하!"

"너도 참가하느냐?"

"예, 어쩔 수 없이 참가하게 되었습니다."

"그래? 그럼 그놈하곤 맞붙지 마라! 다쳐!"

"하하, 잘못 알고 계시는군요. 궁외수, 그 친군 제 사촌 누이와 같이 대회를 참관할 뿐 비무에 참가하진 않습니다."

"틀렸다! 참가하게 될 것이야."

"……?"

"그게 녀석이 그곳에 있는 이유니까."

편무결이 노인을 이해하지 못해 어리둥절해했다.

"무슨… 말씀이신지?"

"알 필요 없고 내 말이나 명심해!"

"……?"

궁금한 편무결이었지만 더 묻지 못했다.

"하하, 알겠습니다. 만약 그런 일이 벌어진다면 그와 검을 맞대지 않겠습니다."

빠르게 술과 안주가 내어져 왔다.

무결은 얼른 일어나 최대한 정중한 자세로 노인의 술잔을 채웠다.

"드십시오. 이 객잔의 술이 바닥날 때까지 원 없이 모시겠습니다."

"낄낄, 녀석! 아부가 훌륭하구나. 두 번째 물주로 써먹기 딱 좋아. 낄낄낄!"

"영광입니다. 얼마든지 애용하십시오. 하하하!"

그 후로 두 사람은 이런저런 쓸데없는 이야기들로 헤픈 웃음을 남발하며 코가 삐뚤어질 때까지 객잔을 시끄럽게 만들었다.

第二章

미끼

무인이란 무공을 익힌 자를 말한다.
하지만 놈은 칼이란 몽둥이를 든 싸움꾼일 뿐이다.

—어떤 이

　드디어 대회 당일.

　당연히 남궁세가는 아침부터 요란했다. 비무대가 설치된 남궁세가의 북편 광장은 완전히 개방되었고, 문이 열리자마자 대기하고 있던 구경꾼이 난리법석을 떨며 몰려들었다. 먼저 앞자리를 차지하기 위해 뜀박질을 하는 자들이 있는가 하면, 우승자를 점쳐 보며 자기주장을 과시하는 자도 있었다.

　북편 광장은 순식간에 사람들로 빽빽이 들어찼다. 남궁세가 측에선 사람들을 통제하기 위해 말뚝과 줄을 쳐 구획을 나누어 놓았지만 아무런 소용없는 일이었다.

　오랜 기다림 끝에 이윽고 후기지수들이 나타나 비무대 주위 지정된 자리에 앉았고, 단상 바로 앞과 좌우 양편으로 설치된 내빈석에도 무림 명숙이 하나둘 나타나 착석하기 시작했다.

빽빽이 모인 군중은 나름 알려진 후기지수나 명숙이 나타날 때마다 환호와 갈채를 쏟아냈고, 그 요란함은 극월세가의 편가연이 등장했을 때 극치를 이루었다.

남궁세가 사람들의 안내를 받으며 중앙 단상 내빈석으로 올라가는 극월세가주.

"편가연 가주다!"

누군가 소리치자 너도나도 찬탄을 터트렸다.

"우와, 소문처럼 정말 엄청난 미인인걸. 세상에, 그녀를 보게 되다니. 내가 복을 타고 났군."

"혹시 신랑감을 고르러 온 걸까? 이런 자린엔 나타난 적이 없는 그녀잖아."

"하하, 그럴지도 모르겠군. 대부분 명문의 제자인 데다가 대회 우승자라면 그녀에게 어울릴 만하지."

"예끼, 이 사람들! 소식이 깡통이군."

"엉? 무슨 소린가. 소식이 깡통이라니?"

"이 사람들아, 그녀가 신랑감이나 찾자고 이런 자리 다닐 사람인가. 그동안 무림 후기지수들의 숱한 관심과 구애를 뿌리쳐 왔던 것 몰라? 그리고 어릴 적 정해진 정혼자가 있다는 소문 못 들어봤어? 이미 그와 극월세가에서 같이하고 있고 곧 혼례도 올릴 것이란 소문이 파다한데."

"그, 그랬었나? 정말 몰랐군. 그게 누구인가? 어떤 사람이래?"

"거기까진 몰라. 알려진 것이 전혀 없는 신비의 인물이라더군. 하지만 어릴 때부터 맺어놓은 인연이라면 당연히 평범치는 않을 테지. 분명 그녀에게 더없이 잘 어울리는 신랑감일게야!"

"그렇겠군. 누군지 몰라도 정말 보고 싶구만. 당장 여기 비무 대회 우승자가 누가 될지 보다도 더 궁금해!"

"흐흐흐, 왜 아니 그렇겠는가. 난 그녀가 혼례를 한다는 소식만 들리면 당장 극월세가로 달려갈 걸세. 축하도 물론이거니와 그녀의 짝이 어떤 인물인가 내 눈으로 꼭 확인해 보고 싶어서."

"하하, 이 사람! 자네만 그런 줄 아나? 우리도 마찬가지야. 난 사람들 틈에 깔려 죽는 일이 있어도 그녀의 혼례식은 꼭 축하해 주러 갈 것이네."

"아, 그렇지? 자넨 필히 가야겠구먼. 자네 집 식구들 죽 한 그릇 못 얻어먹고 살며 어머니까지 병으로 돌아가실 뻔했을 때 극월세가의 구호 덕분에 살아났었지?"

"왜 아니겠나. 오래 전 일이지만 그들의 도움이 아니었다면 우리 가족은 아마 한 명도 살아남지 못했을 것이네. 그때를 생각하면 지금도 난 극월세가 마당이라도 평생 쓸어주며 살고 싶다네."

"흐흐흐, 가당한 말을 하게. 자네 극월세가 마당을 가보기나 했나? 아마 한 번 쓸려면 일 년은 걸릴걸!"

"그, 그런가? 아하하하!"

사람들로부터 쏟아지는 칭송과 감탄, 그리고 애정 어린 눈길이 끊어지질 않았다.

*　　　*　　　*

같은 시각, 외수는 남궁세가 사람들에게 길을 물어 별당을 찾아가고 있었다. 낭왕의 손녀 반야와의 약속 때문이었다.

"음, 여긴 것 같은데?"

외수는 고풍스런 별당의 대문 앞에 서서 주위를 돌아보았다. 나와서 기다리겠다고 했던 그녀가 보이지 않아서였다.

"먼저 갔나?"

외수는 안쪽을 살펴보려 지그시 열려 있는 대문으로 고개를 디밀었다.

그때 대문 뒤에서 그림자 하나가 '왁' 하고 소리를 지르며 튀어나왔다. 제법 치뜬 눈에 양쪽 손가락을 호랑이 발톱 모양처럼 쳐든 반야.

"......?"

외수는 놀란 척을 해주어야 하는지 말아야 하는지 판단이

서지 않아 잠시 멀뚱히 쳐다보았다.

전혀 반응이 없는 외수. 반야가 고개를 갸웃거렸다. 실망보다 아무런 기척도 없는 외수가 어떤 상태인지 궁금한 모양이었다.

그때 외수가 스르르 허물어지듯 쓰러졌다.

털썩!

"어머?"

얼른 주저앉아 외수를 더듬는 반야.

"이봐요! 궁외수 공자님? 공자님?"

"으음, 뭐야?"

잠시 실신했던 것처럼 엄살을 떠는 외수.

"너였어? 심장 떨어질 뻔했잖아. 난 또!"

마치 귀신이나 호랑이를 봤다는 듯이 외수는 이마의 식은 땀을 닦는 시늉까지 했다.

"어머, 많이 놀랐어요? 그냥 조금 장난친 것뿐인데 그렇게 많이 놀랄 줄 몰랐어요. 죄송해요. 어서 일어나세요."

반야는 더듬더듬 외수를 부축해 일으키려 애를 썼다.

"다신 그러지 마! 숨이 멎는 줄 알았잖아. 확 그냥 가버릴까 보다."

마지못해 일어나는 척 외수가 옷을 털며 투덜거렸다.

"알았어요, 호호! 그렇게나 놀라시다니. 호호호, 호호!"

옷을 같이 털어주며 연신 웃음을 멈추지 않는 반야. 자신의 계획이 성공한 것이 무척이나 즐거운 모양이었다.

'젠장, 장단 맞춰주기도 어렵군.'

"호호, 와주셔서 고마워요. 어서 가요. 곧 시작할 텐데."

반야가 손을 내밀었다.

외수는 손을 내려다보곤 엉뚱한 대꾸를 했다.

"어떻게 갈래?"

"네?"

"안기는 게 편해, 업히는 게 편해?"

반야가 당황하며 우물거렸다.

"그, 그냥 팔을 잡고 걸어… 갈래요."

"됐어! 절룩거리는 걸음으로 언제 걸어가? 시간 없어! 둘 중 하나만 택해!"

외수의 강요. 그 역시 서둘러 대회를 보고 싶은 탓이다.

망설이던 반야가 어쩔 수 없이 대답했다.

"그럼, 업……."

대답이 채 끝나기도 전에 바로 등을 들이대는 외수.

반야가 조심스럽게 더듬어 목을 감자 외수는 가뿐히 그녀를 업고 일어났다.

대부분의 사람들이 이미 대회장으로 가버린 탓에 한산한 길.

등에 업힌 반야는 숨소리도 내지 않았다. 지그시 내려뜬 눈에 수줍음만 가득히 일렁거렸다.

"공주는 어디 갔어?"

외수가 바쁘게 걸음을 옮겨가며 물었다.

"대회장에 있을 거예요. 일찍 나갔어요."

"발은 어때?"

"아직… 아파요."

외수는 더 이상 말을 하지 않았다.

다행히 대회장엔 늦지 않았다. 행사가 진행되기 전이었다.

"내려주세요."

사람들의 소리가 들리자 외수의 등에서 내려오는 반야.

외수는 그녀를 사람들 틈 속으로 이끌며 주위를 두리번거
렸다.

"시시가 어디 있지? 좋은 자리 잡아놓겠다고 했는데?"

그때 시시의 목소리가 들렸다.

"공자님, 이쪽이에요."

사람들 틈에서 손을 흔드는 시시. 담곤과 온조 등 위사들도
같이 있었다.

남궁세가의 가주 남궁산이 단상 위로 나타나자 사람들의
함성은 최고조로 들끓었다. 더욱이 그와 함께 나타난 네 명의
인물을 확인했을 땐 대회장이 떠나갈 듯했다.

어찌 아니 그럴까.

"이야, 무림삼성과 낭왕이라니. 이거 오늘 우리가 완전히

호사를 누리는군. 거기에 극월세가 가주를 비롯해 십대 부호의 다섯 총수까지. 도대체 이번 후기지수 대회는 뭔 일이래? 원래 이렇게 비중 있는 대회였나?"

"아마 남궁세가와 검왕 남궁산 가주의 위상 때문이겠지. 검왕이 가진 위상과 덕망이라면 저들이 자리할 만하잖아."

"우와, 낭왕 염치우 대협이 저렇게 생긴 분이셨군. 역시 소문처럼 정말 위압적인 인상인걸. 그가 오랜 은거를 깨고 세상에 나온 이유가 궁금하군. 당연히 후기지수 대회 때문은 아닐 텐데."

"하하, 아무렴 어떤가. 대회고 뭐고 저분들 무공 펼치는 거나 한 번 볼 수 있으면 정말 소원이 없겠어. 신인지경(神人之境)이라던데 어느 정돈지 정말 궁금해!"

사람들이 찬탄과 더불어 경외의 눈길을 보내고 있을 때, 유일하게 한 사람만은 무림삼성과 낭왕을 향해 살기등등한 눈초리를 흘리고 있었다.

극월세가주 편가연. 오대상회 총수와 함께 단상 왼편에 자리한 그녀는 속에서 부글부글 끓는 분노를 억지로 인내하고 있었다. 어제 외수의 당부가 아니었다면 당장 달려가 따지고 들었을 그녀였다.

편가연은 한동안 그들을 노려보다가 천천히 눈을 거두었다. 보고 있으면 화만 더 치솟을 것 같아 어쩔 수 없었다.

관중들 속에서 외수를 찾는 그녀. 사방의 빽빽한 사람들 속에서 누군가를 찾기란 쉽지 않은 일이었으나 극월세가 위사들이 한군데 모여 있던 덕분에 시시에게로 합류하는 그를 빠르게 찾을 수 있었다.

하지만 편가연의 눈은 외수가 아닌 옆의 다른 사람에게 고정되었다.

'또 저 아이와……?'

*   *   *

"흥, 또 만났군."

반야와 같이 나타난 외수를 보고 콧방귀를 뀌는 사람. 시시가 차지한 자리 바로 옆에 앉은 미기였다.

"넌 콧방귀 뀌는 게 일이냐?"

외수가 눈을 째렸다.

"흥! 너만 보면 그래!"

"왜? 나에게 못마땅한 것이라도 있어?"

"있지, 당연히!"

"뭔데."

"못생긴 데다 재수도 없고, 겁도 없이 나한테 반말까지 찍찍 해대는 놈!"

"훗, 공주가 공주다워 보여야 존대를 하지. 일반인 놀이하고 있는 건 너잖아."

둘이 아웅다웅하자 반야가 얼른 끼어들었다.

"곧 시작할 것 같은데 어디 앉으면 되죠?"

시시가 얼른 반야의 손을 잡아 외수와 미기 사이의 빈자리로 앉혔다.

"이쪽으로 앉으세요. 공자님도 앉으시구요."

구경꾼들을 위해 놓인 의자는 비무대를 둘러 겨우 다섯 개열, 삼백 석 정도뿐이었다. 몰려든 구경꾼에 비하면 턱없이 부족한 숫자. 나머지 구경꾼들은 모두 서서 구경해야 했는데, 광장이 꽤 넓다고는 해도 전국에서 몰려든 수천 명의 사람을 다 수용할 순 없었다. 광장을 둘러싼 담장 위는 물론이고, 담장 바로 너머 야트막한 야산과 언덕 위까지 헤아릴 수도 없는 사람들이 촘촘히 자리해 그야말로 천지사방이 다 사람들 물결이었다.

이윽고 남궁세가의 가주 남궁산이 찾아준 내빈과 군중에 대한 인사말을 늘어놓고 참가자들에게 짧은 훈시를 마친 뒤 개회를 선언했다.

남궁산의 사촌 형제이자 이번 대회 주심사관을 맡고 있는 '군자검(君子劍) 남궁천(南宮天)'이 본격적으로 행사를 진행했다.

첫 번째로 비무대에 오른 사람은 노란 승복을 입은 소림사의 제자였다. 그는 자기 키보다도 훨씬 긴 한 자루의 묵직한 철곤(鐵棍)을 지니고 올라왔는데, 육중한 체구에 터질 듯한

팔뚝 근육이 무척이나 인상적이었다.

"아미타불! 여러 무림 존장과 내빈, 그리고 각파의 명숙께 소림의 제자 '단목'이 인사 올립니다. 소승은 부족하나마 이번 대회에 본사의 '제미곤(悌眉棍)'이라는 곤법을 선보일까 합니다."

합장을 한 그가 단상을 향해 예를 갖추자 관중으로부터 우레와 같은 함성과 박수가 터졌다.

외수는 환호하는 군중을 돌아본 뒤 무대 위 단목이라는 소림 제자에게 집중했다. 지금까지 단 한 번도 곤을 들고 펼치는 무공을 본 적이 없었기에 더욱 기대에 찬 눈초리를 반짝이는 그였다.

"하아압!"

자세를 잡고 몇 가지 짧은 동작으로 기운을 모으는 소림승.

이윽고 공력을 일으킨 그가 철곤을 휘두르기 시작하자 육중한 파공성이 무대 위를 압도했다.

붕붕! 휘익 획!

각 초식에 따라 터져 나오는 사람들의 탄성이 보조를 맞추었고, 외수는 잠시도 눈을 떼지 못하고 소림 곤법에 빠져들었다.

힘차면서도 부드럽고, 변화무쌍하면서도 무척이나 절제된 동작 속에서 외수는 굉장히 파괴적인 위력이 담겨 있음을 확인하고 있었다.

"으음……."

자기도 모르게 흘려버린 신음.

오른편에 앉은 시시가 고개를 갸우뚱거리며 쳐다보았다.

"왜 그러세요, 공자님?"

"으음, 놀라워서!"

외수는 눈을 떼지 못하고 말을 이었다.

"어떤 점이요?"

"안으로, 밖으로 다져진 힘이야. 저 무거운 쇳덩어리를 어떻게 다룰까 궁금했는데, 겉으로 다져진 육신의 힘만이 아닌 안으로 축적된 힘까지 어우러져 굉장히 위력을 발산하고 있어!"

내공과 외공을 말하는 외수였다. 근래 들어 무공에 대한 이해도가 점점 높아지며 자신이 지닌 파천대구식의 가장 큰 허점은 내공이 아닐까 의심하는 중이어서 다른 이가 선보이는 내공, 내력에 대한 관심이 지대한 그였다.

"거기다 시연일 뿐이라 그 힘을 다하지 않고 있어. 실전에선 더 굉장할 거야."

"공자님! 저 젊은 스님과 싸우면 이길 수 있을 것 같아요?"

눈망울을 초롱거리며 엉뚱한 질문을 하는 시시.

"응? 글쎄? 저 철곤에 맞지 않도록 해야겠지. 맞으면 바로 뼈마디가 으스러져 버릴 테니까."

외수가 대답을 못하자 왼편에 앉은 반야가 뜻밖의 대답을 내놓았다.

"겉으론 막상막하가 될 거예요."

"응?"

돌아보는 외수와 시시.

반야도 무대 위에 눈을 둔 상태로 대답을 이었다.

"저 스님의 숙달된 곤법과 공자님의 감각적인 빠른 몸놀림이 오랫동안 팽팽하게 부딪칠 거예요. 단, 비무가 아닌 실전이라면 공자님께서 이겨요. 왜냐면 저 스님은 공자님께서 갖고 계신 '치명적 살수'로서의 능력이 훨씬 떨어지거든요."

"......?"

벙어리가 되어버린 외수. 대신 시시가 물었다.

"치명적 살수의 능력? 그건 무얼 말하는 거죠?"

반야는 조금의 흔들림도 없이 대답을 이었다.

"전에 배에서 저를 구할 때 도치란 악당과 그들의 우두머리를 해치우던 모습을 기억해요. 그때의 그 움직임! 어느 것도 구분할 없는 시커먼 어둠 속에서 튀어나온 비수와 같았어요. 후천적으로는 배울 수 없는 살수의 본능 같은 것이죠. 그 감각의 차이 때문에 실전이라면 공자님이 이길 거예요."

"......"

시시도 말을 잃어 입을 닫았다.

물끄러미 반야를 쳐다보는 두 사람.

정말 신기하기만 했다. 무공을 익힌 고수도 아니고 앞을 볼 수도 없는 사람이 누군가의 기운을 감지해 그 움직임까지 파악한다는 것이 그저 경이롭고 신비할 뿐이었다.

그러는 사이 무대에선 소림승 단목의 곤법 시범이 끝났다.

그에 이어 두 번째 무대에 오른 사람은 무당파의 제자 '청연'이란 젊은 도사였다.

그는 머리를 틀어 올려 짧고 까만 나무 비녀를 꽂고 청회색 도복을 입었는데, 검신이 팔 뒤로 가려지도록 배검(背劍) 자세를 취하고 오르는 모습이 의지견정해 보였다.

그 역시 인사를 하고 검공 하나를 펼치기 시작했는데, 외수는 화산파의 백도헌이 보였던 검법과는 또 다른 검리(劍理)로 펼쳐지는 검공에 넋을 놓고 빠져들었다.

완전히 새로운 경험이었다. 검법인지 춤인지 헷갈릴 정도의 느려터진 동작. 그러다가도 어느 순간 빠르고 경쾌하게 내쳐 가며 연결되는 검초에 외수는 탄복하며 흥분했다. 확실히 알 수는 없었지만 무언가 많은 것을 한꺼번에 얻은 느낌이 심장을 벅차오르게 했다.

무당 제자의 시연이 끝나자 시시가 또 물었다.

"이번엔 어떤가요, 공자님?"

외수는 자기도 모르게 벌떡 일어서 무대를 내려가는 무당파 제자를 뚫어지게 쳐다보며 대답했다.

"시시! 방금 저 친구가 펼친 무공이 나에게 새로운 안목을 줬어!"

흥분한 그의 말에 미기도 돌아보았다.

"강한 것만이 능사가 아니라는 것! 물이 흐르듯, 바람에 실가지가 흔들리듯, 부드럽고 여린 것도 얼마든지 강한 것을 이길 수 있다는 걸 나에게 보여줬어!"

시시가 빙긋이 웃으며 대꾸했다.

"호호, 유능제강(柔能制剛)을 말씀하시는 거군요."

"유능제강?"

"네. 부드러운 것이 능히 굳센 것을 이긴단 뜻. 방금 무당파 제자가 펼친 태극검법의 묘리이기도 하고 무당파가 내세우는 대부분 무공의 근본 이치이기도 하죠."

외수는 고개를 끄덕이며 무당파 제자가 선보였던 검법을 빠르게 머릿속에 다시 그려보기 시작했다.

"호호, 축하드려요. 새로이 눈을 뜨신 거!"

"시시! 손이 근질거려! 나도 칼을 휘둘러보고 싶어!"

"어머, 벌써 그러면 어떡해요. 아직 한참이나 더 남았는데."

"다 보고나면 머리가 뒤죽박죽되지 않을까?"

"호호, 글쎄요. 그것보다 더 많은 것을 얻을 수도 있겠죠."

"음……."

외수는 정말 대회에 오길 잘했단 생각을 했다. 지금까지 자신이 보고 겪은 무공이라고 해봐야 살수들이 쓰는 살인술이 고작이었고, 백도헌과의 짧은 다툼으로 인해 화산파 매화검법의 초식 몇 가지를 본 것이 전부였다. 그런데 이런 환희를 누리게 될 줄이야. 자신이 대략 정의하고 있던 무공의 개념이 한순간에 모조리 흩어지고 다시 정립되는 기분이었다.

외수의 충격은 그 후로도 계속되었다. 화산파, 청성파, 점창파를 비롯해 사천당문, 남궁세가, 모용세가 등등… 각 방파와 가문의 후기지수들이 하나씩 올라와 자신의 절기를 쏟아낼 때마다 외수는 뛰는 심장을 주체하지 못했다.

특히 남궁연이란 남궁세가의 청년이 창궁무애검법(蒼穹無涯劍法)이란 것을 펼칠 때와 하북팽가라는 곳의 팽소민이란 여인이 벽력도법(霹靂刀法)이란 것을 펼칠 때, 외수는 감탄을 조금도 아끼지 않았다. 그리고 위지세가의 위지흔이 선보인 검공도 무척이나 날카롭고 변화무쌍해 외수의 놀라움을 더했다.

무대 위에 오른 후기지수는 모두 삼십 명. 더 많은 참가자와 더 많은 계파가 있었지만 시연 무대에 오르는 것은 각자의 자유의사였기에 오전 중 진행된 시연 무대는 그것으로 끝이 났다.

관중들의 함성.

검왕 남궁산이 다시 단상 앞으로 나섰다.

"오늘 여러 무림 존장과 각파의 명숙을 모신 자리에서 무림 동량지재(棟梁之材)들의 성취를 확인하고 그 무한한 가능성을 재차 되새기게 되어 기쁘기 한량없다. 특별히 이번 대회를 더욱 빛나고 영광된 자리로 만들어주기 위하여 무림삼성과 낭왕께서 직접 왕림해 주셨고, 그중 낭왕 대협께서 아주 큰 선물까지 준비하셨다. 대회에 참가하는 모든 후기지수에게 좋은 자극이 될 것이며 상상치도 못한 기회를 얻게 되는 최고의 상이 될 것이다."

대회장 담 넘어 언덕에 자리한 사람들까지 똑똑히 들을 수 있을 만큼 울려 퍼지는 남궁산의 말.

장내가 일시에 술렁였다.

"뭐지? 상이라니? 지금까지 후기지수 대회에서 상이 있었나?"

"글쎄? 염라부와 귀척부 중 하나라도 내놓을 셈인가? 아니면 혹시 손녀를?"

"손녀? 그렇군. 그러고 보니 낭왕에게 손녀가 하나 있지? 대회 우승자에게 자신의 손녀를 주겠다는 말인지도 모르겠군. 낭왕의 손녀사위라. 그야말로 최고의 상이군. 유일한 혈육이니 낭왕의 모든 것을 이어받는 것은 자명한 사실이고. 탄탄대로가 뻥 뚫리는 것 아닌가? 거기다 들어보니 맹인이긴 해도 정상인과 다름없는 데다 아주 예쁜 미인이라고 하던데, 이건 완전 대박이군."

사람들이 신나서 떠드는 소리가 외수와 시시, 미기의 귀에도 들렸다.

슬그머니 반야를 돌아보는 세 사람. 그들의 귀에 들린 소리가 그녀에게 들리지 않았을 리 없었다.

얼굴이 빨개진 채 어쩔줄 몰라 하며 고개를 숙인 그녀.

단상에서 남궁산의 말이 이어졌다.

"그 상이 무엇인지 낭왕 대협께서 직접 알려주시겠다!"

무림삼성과 나란히 단상 높이 자리해 있던 낭왕 염치우가 신형을 일으켜 걸어 나오자 어김없이 우렁찬 함성이 쏟아졌다.

그를 향해 집중된 눈들. 특히 비무대 주위로 둘러앉은 후기지수들의 눈이 더욱 빛을 냈다.

이윽고 위압적인 풍모를 자랑하는 낭왕의 입이 열렸다.

"각자의 문파와 가문을 더욱 빛내기 위해 대회에 참가한 모든 후기지수의 용기와 그간의 노력을 치하한다. 지금까지 이 대회를 거쳐 수많은 영웅이 탄생했듯 여러분도 그와 같이 성장하길 바라며, 이 자리를 지켜볼 수 있게 되어 무한히 기쁘게 생각한다. 하여 앞으로 무림을 이끌어 나갈 여러분들을 위해 본인은 큰 결심을 했다. 바로 이것이다!"

낭왕이 굵고 커다란 손으로 한 권의 책을 들어보였다.

"나는 며칠 동안 두문불출하며 이 책을 엮었다. 일원무극공(一元無極功)!"

웅성거리던 소음이 한순간에 조용해졌다.

자리에서 벌떡벌떡 일어나는 후기지수도 있었다.

뚫어질 듯 집중된 눈들. 침 삼키는 소리가 들릴 것 같은 정적 속에 낭왕의 말이 이어졌다.

"모두가 알다시피 나에겐 제자가 없다. 제자를 두고 싶지 않아서가 아니라 거두어 가르칠 시간이 없었을 뿐이다. 그렇다고 이제 와서 제자를 둘 생각은 없다. 그래서 내 공력의 모든 것인 이 일원무극공을 세상에 내놓으려 한다. 물론 여러분 중 한 사람이 이것을 가질 것이다. 이 대회에 참가하여 우승하는 단 한 사람!"

낭왕의 말이 끝나기가 무섭게 침묵에 젖어 있던 장내가 급속도로 술렁대기 시작했다.

일원무극신공. 낭왕을 의천육왕, 무림최강자 반열에 올려놓은 실질적 바탕이 된 그만의 독문신공. 자신의 모든 것이라 할 수 있는 그것을 세상에 내놓겠다니. 그것도 고작 청년들이 치르는 무림대회 우승자에게?

그야말로 엄청난 사건이 벌어진 것이었다.

물려줄 제자가 없으니 사장시키지 않으려 그런다고 이해할 수도 있겠지만, 그의 나이 이제 고작 예순다섯 아닌가. 얼마든지 제자를 구해 전승할 기회와 시간이 그에게 있는 것이다. 한데도 비급 중의 비급, 보물 중의 보물이라 할 수 있는 자신의 절대신공을 조금의 거리낌 없이 이런 후기지수 대회에 내놓다니.

누구의 손에 쥐어지더라도 자칫 잘못하면 비급 쟁탈전 같은 세상의 혼란을 불러올 수도 있는 엄청난 일이었다.

너무도 놀라워 벌어진 입을 다물 수가 없는 사람들.

"시시, 저게 무슨 책이기에 사람들 반응이 이래?"

어리둥절한 외수가 낭왕의 손에 들린 책을 보며 물었다.

시시 역시 낭왕의 손에서 눈을 떼지 못하며 대답했다.

"공자님, 낭왕 대협이 지닌 공력의 모든 것을 말해주는 책이에요. 즉, 내공심법서죠."

"내공심법?"

"네. 사람들의 이런 반응은 당연해요. 그의 일원무극신공은 천하에서 가장 강맹한 내공심법으로 알려졌을 뿐 아니라 그 어떤 무공과도 충돌 없이 운용할 수 있을 만큼 정심하고, 또 빠르게 내력을 증진할 수 있다고 알려져 있거든요. 그러니 당연히 눈들이 뒤집히죠."

"내공… 이라고?"

외수의 눈이 점점 커졌다. 분명 탐욕에 차오르는 눈빛이었다.

빠르게 반야를 돌아보는 외수.

"이봐! 방금 시시가 한 말이 맞아? 네 할아버지가 내건 저 책이 내공 수련법이 적힌 책이야?"

반야도 놀랐는지 당황한 얼굴을 하고 있었다.

그 틈에 미기도 슬그머니 외수를 돌아보았다.

천천히 고개를 끄덕이며 외수의 물음에 답해주는 반야.

"맞아요. 일원무극공은 할아버지의 내력 신공이에요."

그때 보고 있던 미기가 혼잣말로 외수를 쏘았다.

"멍청한 놈!"

"뭐?"

외수가 쳐다보았지만 미기는 콧방귀만 뀌고 고개를 딴 데로 홱 돌려 버렸다.

외수는 미기를 어찌할 틈도 없이 곧바로 단상의 낭왕에게로 고개를 돌렸다. 그의 말이 이어지고 있었기 때문이었다.

"내가 이것을 내어놓는 이유는 이전까지의 시시한 비무 따위 보고 싶지 않기 때문이다. 비무의 규칙을 따르기는 하되 좀 더 투지 넘치는 비무, 좀 더 실전적인 비무를 통해 진정한 기재를 확인하고 싶어서이다. 분명히 말하지만 우승자 단 한 사람에게 주는 것이다. 즉, 그만이 주인이란 뜻이다. 향후 이 책을 우승자에게서 강탈하려는 자가 있으면 내가 용서치 않을 것을 천명한다. 그러니 안심하고 이 자리에서 당당히 차지해 주인이 되어라!"

우레처럼 쏟아지는 사람들의 함성.

후기지수들 대부분이 낭왕의 쳐들린 손을 향해 일어서 있었다. 그중엔 편무결처럼 침착하게 앉아 있는 자도 있었지만 대개가 주먹을 움켜쥐곤 의욕을 불태우고 있었다.

그때 화산파의 백도헌이 용기를 내어 낭왕을 향해 물었다.

"대협! 비무의 규칙을 명확히 해주십시오! 분명 격렬해질 것인데 예기치 못한 상해를 입을 수도 있지 않겠습니까!"

낭왕이 내려다보며 흐릿한 미소를 머금고 대답했다.

"그렇다! 분명 그런 일이 벌어질 수 있다. 그렇지만 가벼운 부상 정도는 감수하라! 치열해지는 만큼 어쩔 수 없는 일이다. 이번 대회의 승부는 상대가 승복할 때까지다. 승부가 가려졌다고 판단될 경우 살상을 막기 위해 주 심사관이 개입할 것이고, 모두는 그 판정에 어김없이 따라야 한다. 만약 승패가 가려졌음에도 불복하고 억지로 비무를 계속해 큰 살상을 낳으려 들거나 살상을 저질러 버리는 녀석이 있다면 내가 나서서 용서치 않을 것이다. 이 부분을 반드시 명심하라! 분명 위험성이 높은 대회가 될 수밖에 없는 만큼 규칙을 지키지 못하고 광분해 날뛸 시, 처벌 또한 그에 상응해 가차 없을 것이다. 모두 새겨들었느냐?"

낭왕의 공력이 실린 고함.

후기지수들의 대답도 각자의 의욕만큼이나 즉각 튀어나왔다.

낭왕이 흡족한 듯 씨익 미소를 짓곤 천천히 신형을 돌려 다시 자리로 돌아갔다.

다시 나서는 남궁산. 그의 목소리는 낭왕과 달리 낭랑했다.

"모두 들었다시피 낭왕 선배께서 너무도 큰 뜻밖의 선물을 안기셨다. 스스로 발전하기에 따라서 훗날 천하제일인이 될 수도 있을 만큼 엄청난 은혜다. 모두가 후회 없는 비무를 해서 오늘 이 특별한 영광의 주인공이 되길 바란다. 대회 참가 신청은 점심시간까지다. 시연 행사가 끝난 만큼 바로 대진 추첨을 할 것이니 아직 신청하지 않은 후기지수나 새로이 신청을 하려는 사람은 늦지 않게 신청하라!"

"자, 잠깐만!"

남궁산의 말이 끝나기 무섭게 외수가 기다렸다는 듯 자리를 박차고 벌떡 일어났다. 그 기세가 너무도 거세고 돌발적이어서 모두의 눈들이 한꺼번에 쏠렸다.

"공자님?"

까닭을 모르는 시시가 쳐다보았지만 외수의 눈은 오로지 남궁산에게만 박혀 있었다.

남궁산의 입가에 엷은 미소가 그려졌다.

"오, 궁외수! 거기 있었는가. 무슨 일이신가? 할 말이 있는 것인가?"

"어디서 어떻게 신청하면 되오?"

생각지도 못한 발언. 단상 한쪽의 편가연이나 바로 옆의 시시는 눈이 동그래졌다.

"자네도 참가하겠단 뜻인가?"

"그렇소."

외수의 대답이 떨어지는 그 순간, 무림삼성과 낭왕의 입가에도 짧은 미소가 빠르게 스쳐 지나갔다.

그때 미기가 또 혼자 투덜대며 연신 콧방귀를 껴댔다.

"홍, 바보 녀석! 멍청이! 쪼다!"

외수의 돌출 행동에 노려보는 시선이 한둘이 아니었다. 화산파 백도헌이나 당철영, 그리고 위지세가의 위지혼, 위지강 등 그를 아는 후기지수들은 물론이고, 그를 모르는 여타 후기지수들도 경계의 빛을 드러내며 날카롭게 쏘아보고 있었다.

검왕 남궁산이 짐짓 넉넉한 웃음을 흘렸다.

"허헛, 반가운 일이로군. 정문 바로 안쪽 유성각에 접수처가 있네. 거기서 등록하게."

외수는 즉시 돌아섰다. 그리곤 뒤 한 번 돌아보지 않고 정문을 향해 빠르게 이동해 갔다.

"공자님?"

시시가 바로 따라 일어나 쫓았다. 반야도 따라 일어섰지만 그녀로선 쫓아갈 수가 없었다.

대회 진행과 심사를 맡은 남궁천이 휴식을 알리자 비무를 준비하는 후기지수들이나 관중들은 저마다 술렁이며 움직이기 시작했다. 새 자리를 찾아 움직이는 사람들, 제자리를 지키고 앉아 미리 준비해 온 간식거릴 먹는 사람들, 소피 따윌 해결하러 급히 달려가는 사람들. 광장은 순식간에 번잡한 시장 바닥처럼 술렁댔다.

"공자님, 공자님!"

시시가 따라오고 있었지만 외수는 빠른 걸음을 늦추지 않았다.

"시시, 붙잡지 마. 바빠!"

"공자님, 정말 참가하시려고요?"

"그래!"

"왜요?"

"내공심법이라잖아!"

"그것 때문에 마음이 바뀌신 거예요?"

"나에게 꼭 필요해!"

"하지만 공자님! 아가씨와 상의해야 하지 않을까요? 너무 갑작스런 결정인 데다가 이건 어딘가 수상쩍어요. 낭왕이 왜 갑자기 예정에도 없던……."

시시가 계속 말을 시키며 종종대는 걸음으로 쫓아오자 외수가 우뚝 신형을 세웠다.

그 바람에 시시는 외수의 등에 얼굴을 박고 말았다.

"시시, 네가 그랬잖아. 내공은 누군가에게 배우지 않는 한 얻기 어렵다고. 난 그게 필요해! 편가연과 상의한다고 그녀가 구해줄 수 있는 것이 아니잖아."

울상을 한 시시가 애처롭게 올려다보며 말했다.

"하지만 낭왕이나 무림삼성의 모략이면 어떡해요. 정작 우승을 못 하게 한다든가 끝내 신공을 주지 않는다든가. 갑자기 그런 엄청난 상을 내거는 것이 너무 이상하잖아요."

외수의 눈초리가 매서워졌다.

"상관없어! 모략이든 말든. 난 그 책이 필요해!"

어딘가 조급해 보이는 외수. 시시가 그의 눈을 똑바로 마주 보며 물었다.

"차지할 자신이 있으세요?"

"……."

외수는 대답하지 못했다.

"공자님, 만약 저들의 술책이라면 그걸 뚫고 우승하긴 힘들 거예요. 다시 한 번 차분히 생각해 보세요."

"아니라면 내 것이 될 수도 있는 거지. 포기해 버리기엔 내게 너무 큰 유혹이야."

시시의 얼굴 위로 쏟아지는 외수의 의지.

시시는 막을 수 없다는 걸 알았다.

그녀는 고개를 젓고 곧바로 고운 미소를 지었다.

"그럼 그렇게 하세요. 전 어떤 경우에도 공자님을 믿겠어요."

외수는 그 말에 힘을 얻었다. 설령 내공심법서를 얻지 못하거나 수작에 걸려 낭패만 당하는 일이 있더라도 그 선택을 언제나 믿어주겠단 마음이 시시의 미소에 그대로 묻어나고 있었다.

외수는 두말 않고 정문 쪽에 있다는 접수처로 다시 향했다.

*   *   *

"이름이 어찌 되는가?"

유성각이란 건물 안에 작은 책상을 놓고 앉은 서른 중반 즈음의 사내가 물었다.

"궁외수라 하오!"

"소속은?"

"극월세가!"

극월세가란 말에 사내가 슬쩍 올려다보더니 빠르게 붓을 놀려 커다란 신청자 명부에 기재를 해갔다.

"사용하는 무기는?"

"칼이오."

"음, 되었네. 자네가 마지막 등록자인 듯하군. 이제 곧 있을 추첨에 참가하면 되네. 행운을 빌겠네."

"고맙소!"

간단했다. 외수는 시시와 함께 바로 유성각을 나왔다.

"시시, 오늘 밤부터 글공부를 다시 해야겠어. 도와줘!"

"어머? 호호호, 마치 낭왕의 비급이 공자님의 것처럼 말씀하시는군요?"

"그것보다 문득 생각이 났을 뿐이야."

"알겠어요. 다시 시작해요."

두 사람이 다시 광장 쪽으로 향하고 있을 때, 편가연이 위사들을 거느리고 달려왔다.

"궁 공자님?"

외수에게 처음으로 뛰는 모습을 보인 편가연. 지금 그녀에 겐 그런 것이 중요한 게 아니었다.

"어떻게 된 거죠? 왜 갑자기 비무에 참가하겠다는 거예요?"

"많이 놀란 모양이군."

"그럼요. 갑자기 일어나서 예정엔 없던 결정을 하시니."

"나에겐 그 책이 필요해. 봤지? 다들 탐욕에 들끓던 거!"

"하지만 공자님은 그들과 신분이 달라요. 무공이 필요하시면 따로 스승을 초빙해 가르침을 받을 수도 있어요. 굳이 후기지수들과 비무까지 하는 건……."

"후후, 이해해 줘. 다른 사람에게 배울 수 있는 것이 아니잖아."

편가연이 웃는 외수를 보며 암담해할 때 담곤이 호탕하게 웃어 젖혔다.

"하하, 궁 공자! 잘하셨습니다. 저희는 분명 공자께서 낭왕의 비급을 차지하시리라 확신합니다. 하하하하!"

바로 고개를 돌려 째려보는 편가연. 찔끔한 담곤이 얼른 눈길을 피해 딴청을 부렸다.

"공자님, 느낌이 나빠요. 너무 갑작스럽게 던져진 유혹이라."

"뭘 걱정하는지 알아. 하지만 걱정 마. 무슨 일이 일어나겠어? 비무일 뿐인 데다가 한두 사람 모인 곳도 아닌데."

"정말 괜찮을까요? 그래도 우승을 하려면 여러 번 싸워야 하는데. 거기다 치열할 테고요."

"치열? 글쎄? 생사를 다투는 것만큼 치열할까."

편가연은 외수의 대꾸에 더 무어라 할 수가 없었다. 생사를 넘나드는 싸움을 해왔던 그에게 비무 따위는 대수롭지 않을 수도 있었다. 결국 편가연은 외수의 결정을 존중할 수밖에 없었다.

"할 수 없죠. 이미 참가하겠다고 결정하셨으니. 다만 다치지 않도록 조심하세요. 그리고 꼭 이겨서 무림삼성의 코를 납작하게 만들어 버리고 책도 차지해 버리세요. 응원할게요."

응원한다는 말에 외수가 빙긋이 웃었다.

"후훗, 애써 볼게. 고마워!"

편가연이 간단한 점심이라도 같이하기 위해 돌아서려는 그때, 뒤를 쫓아온 두 사람이 있었다.

"공자님……."

미기의 손을 잡고 절름거리는 걸음으로 따라온 반야.

외수는 그제야 그녀를 내팽개쳐 두고 왔음을 깨달았다.

"아, 거기 있지 않고. 미안……!"

외수가 멋쩍게 뒷머리를 긁었다. 온전히 걸을 수 있을 때까지 챙겨주기로 약속해 놓고 덜렁 달려와 버렸으니 무안하기만 했다.

"신청하셨어요?"

"응."

"왜요? 할아버지의 일원무극공이 갖고 싶으세요?"

"그래. 내가 사문이 있는 것도 아니어서."

"제가 그 책을 가져다 드리면 대회 출전을 포기하실래요?"

"응?"

외수뿐 아니라 편가연과 시시, 그리고 그녀의 손을 잡은 미기조차도 놀라며 쳐다보았다.

"무슨 소리야? 책을 가져다주다니?"

"이런 대회에서 싸울 필요 없으세요. 제가 할아버지께 말씀드려 공자님께 따로 신공의 구결을 써서 드리거나 전수하라고 할게요."

"뭐?"

"제가 말씀드리면 그렇게 해주실 거예요. 공자님은 저를 구해준 은인이시잖아요."

"……."

대꾸 없이 물끄러미 반야를 쳐다보는 외수.

애틋하고 간절한 눈망울. 그녀는 진심이었다. 정말 그렇게 낭왕을 조르려는 게 보였다.

외수가 피식 웃었다.

"후훗, 그런 쉽고 간단한 방법이 있었군."

반야가 어둡던 기색을 한꺼번에 떨쳐 내며 반겼다.

"그렇게 하시겠어요? 그럼 당장 할아버지께 말씀드리겠어요."

정말 달려가겠다는 듯 반야는 잡고 있던 미기를 재촉하며 돌아섰다.

하지만 외수의 굳은 목소리가 그녀를 발목을 붙들었다.

"이봐, 반야!"

"네?"

돌아보는 멍한 눈망울.

"난 노력 없이 대가를 얻어 본 적이 없는 사람이야."

거절하겠단 말.

반야는 즉시 고개를 흔들었다.

"아니에요. 절 구해주셨잖아요. 그리고 또……."

"됐어! 그만둬!"

"어째서요. 필요하다고 하셨잖아요."

"그렇긴 해도 눈앞에 던져졌으니 그저 달려들어 보는 거야. 운이 좋아 내 것이 된다면 모를까, 너를 통해 억지로 얻고 싶은 마음은 없어!"

외수의 말에 반야는 안타까움 가득한 눈망울을 일렁거렸다.

"절 이용한다고 생각하시는 거예요?"

"어이, 반야! 그렇게 가져오는 걸 내가 얼씨구나 하고 받을 것이라고 생각하는 거야?"

"……."

반야의 얼굴에 무거운 슬픔이 매달렸다.

보고 있던 시시가 나섰다.

"반야 아가씨, 서운해하지 마세요. 아가씨의 마음은 충분히 알아요. 하지만 저라도 그렇겐 받지 않을 거예요. 이해하세요. 그것보다… 할아버지께서 왜 그 엄청난 독문신공을 대회에 내거셨는지 혹시 알고 계셔요?"

시시의 걱정은 오로지 음모가 있지 않을까 하는 것이어서 조심스레 물은 것이었다.

눈물을 떨어뜨릴 것 같은 반야. 파묻은 고개를 말없이 흔들 뿐이었다.

그때 늙은 여자의 목소리가 끼어들었다.

"얘야!"

다정한 목소리. 반야의 고개가 번쩍 들렸다.

나타난 사람은 뜻밖에도 보성염가의 염설희 가주였다. 대여섯 명의 호위와 수행 총관까지 거느린 채 다가오는 그녀는 외수도 편가연도 아닌 오로지 반야만 보며 걸어오고 있었다.

"할머니?"

놀라 상기된 반야가 그녀를 향해 돌아섰다.

"그래, 내 새끼! 이 할미의 목소릴 잊지 않고 기억하였구나."

"할머니!"

흥분한 반야가 손을 내저으며 허둥댔다. 바쁘게 다가온 염설희 가주가 얼른 그녀의 손을 맞잡아주었다.

"할머니, 여기 계셨던 거예요?"

"그래, 치우, 그놈이 온 것을 보고 너도 여기 있다는 걸 알았다."

"할머니! 할머니!"

반가움을 주체 못하고 와락 안겨드는 반야. 두 사람은 눈물을 보였다.

"이렇게 컸구나. 우리 반야가."

멀뚱해진 건 편가연과 시시, 외수 등이었다. 할머니라니? 혈연관계란 뜻 아닌가. 교분이 있는 편가연으로서도 금시초문인 사실.

미기조차 어리둥절해하고 있을 때 염설희가 편가연을 보며 물었다.

"어째서 우리 반야와 같이 있는 것이냐? 안면이 있는 사이였더냐?"

그녀의 물음에 반야가 얼른 그녀의 품에서 떨어져 외수를 소개했다.

"할머니, 제 목숨을 구해주신 은인이세요."

"은인?"

"네. 얼마 전 나쁜 사람들에게 납치당했었는데, 그때 먼 길을 쫓아와 구해주셨어요."

"뭐, 납치?"

염설희의 표정이 대번에 일그러졌다.

"궁외수 공자님이라고 해요."

"그를 안다. 대륙천가에서부터 여기까지 같이 왔으니까."

외수를 보는 염설희의 눈길. 그녀 특유의 차갑고 시린 눈빛은 여전했다.

"공자님, 저희 큰할머니세요."

"큰… 할머니라고?"

"네. 할아버지의 손위 누이세요."

편가연이 놀라움을 그대로 표출했다.

"어머나! 놀라워요, 염 가주님! 낭왕 염치우 대협과 혈육 관계셨다니."

염설희의 안면이 더욱 찌푸려졌다.

"흥, 그놈 얘기는 꺼내지도 마라!"

"네?"

당혹스러워하는 편가연.

염설희는 편가연의 반응을 무시하고 반야를 내려다보았다.

"얘야, 그 인간은 널 버려두고 어디 있는 게냐? 무슨 일이 있었기에 네가 납치당하도록 방치해?"

"노여워 마세요, 할머니! 잠시 볼일을 보는 사이에 발생했던 일이었으니까요. 지금은 멀쩡하잖아요."

"음!"

더 이상 말하진 않았으나 염설희는 화를 삭일 수 없는 듯했다. 다시 외수에게 눈을 주는 그녀.

"네가 우리 반야를 구했다고?"

외수가 그녀의 냉랭한 눈을 보며 대답했다.

"내가 아니었더라도 낭왕께서 구하셨을 것이오. 내가 마침 가까이 있어서 먼저 쫓아갔던 것일 뿐."

뜯어보듯 다시 한 번 찬찬히 외수를 훑는 염설희. 특유의 차가운 눈초리가 조금 누그러진 듯 보이기도 했다.

"그놈이 내건 책 때문에 비무에 참가하려는 것이냐?"

"그렇소."

"다른 놈들과 마찬가지로 무공에 대한 욕심 때문이냐?"

"다른 이유가 있어야 하오?"

"아니다. 네가 알아서 할 바지. 그놈 무공 따위 욕심내든 말든."

"……?"

역력히 언짢아하는 기색.

외수가 이해를 못해 멀거니 보고 있을 때 염설희가 반야의 손을 끌었다.

"가자, 할미의 거처로. 지금부턴 나와 같이 지내자꾸나."

"잠깐만요, 할머니!"

"왜?"

"저, 저는… 비무를 봐야 돼요."

"그까짓 걸 봐서 뭘 하게?"

외수의 눈치를 보며 난처해하는 반야.

"할머니, 끝나고 저녁에 갈게요. 지금은……."

반야가 죄송스러워하며 손을 빼자 염설희는 물끄러미 내려다보며 더는 강요하지 못했다.

"알았다. 네가 좋아할 맛있는 것들을 준비해 놓고 기다리마."

두말없이 돌아서는 염설희. 마지막에 외수에게 눈을 주었으나 결코 고운 눈길은 아니었다.

그녀가 총총히 멀어져 가자 반야가 외수에게 말했다.

"이해하세요. 할머닌 할아버지와 사이가 안 좋으세요."

"음……."

외수가 충분히 알겠다는 듯 멀어지는 염설희 가주를 보며 고개를 끄덕였다.

미기가 입을 열었다.

"대단하군. 의천육왕 중 한 사람인 낭왕의 손녀일 뿐 아니라 중원 십대부호 보성염가의 유일 혈육이라니. 그런데 왜 사이가 안 좋은 거야?"

우울해지는 반야의 표정.

"할머닌 할아버지가 무인이 된 걸 싫어하세요. 같이 상인이 되길 바라셨죠. 평생을 혼자 사신 할머니께선 슬하에 자식이 없어 돌아가신 제 부모님을 상인의 길로 인도하셨고, 할아 버진 반대로 아들이 무공을 배우지 않고 할머닐 좇아 상인으로 살았던 것에 불만이셨어요. 그리고 그렇게 산 탓에 죽음에 이르렀다고 생각하세요. 자신을 따라 무공을 익혔으면 그처럼 허망하게 죽지는 않았을 거란 거죠."

"쩝, 그랬었군."

미기가 안타깝다는 듯 턱을 주억거렸다.

편가연도 안타깝긴 했으나 낭왕의 손녀란 이유로 경계의 눈빛을 거두진 못했다.

第三章

첫 번째 비무

누가 귀신이 무섭냐 그놈이 무섭냐 물어보면,
난 백이면 백, 그놈이 더 무섭다고 대답할 거야.
놈은 그냥 그 자체로 악마야.

—무수히 찔린 자

"염 선배, 어째서 그런 엄청난 일을 벌인 겁니까? 한 아이 때문에 자신의 신공을 내걸다니요. 너무 터무니없는 일이지 않습니까."

무림삼성, 낭왕과 같이 자신의 집무실로 와서 마주 앉은 남궁산이 이해할 수 없단 표정으로 물었다.

그러나 낭왕 염치우는 앞에 놓인 차만 가져다 마실 뿐 묵묵했고, 점창일기 구대통이 음흉한 웃음으로 대답을 대신했다.

"낄낄낄, 걱정 마라! 낭왕의 비급은 누구의 손에도 들어가지 않을 테니까!"

"무슨 소립니까. 우승자에게 준다고 천명하지 않았습니까?"

"낄낄, 그랬지! 하지만 우승자가 없다면?"

"예에? 그게 무슨?"

"흐흐흐, 네가 보기엔 누가 우승할 것 같으냐?"

"그야 지난번 대회에서 선배들을 제치고 우승했던 화산파의 백도헌이나 사천 당문세가의 당철영이 아무래도 유력하지 않겠습니까. 그동안 진전도 있었을 테니까요."

"낄낄, 녀석! 솔직하지 못하구나. 물론 그 녀석들도 가능성이 있지만 이번만큼은 내심 네 아들들에게 기대를 걸고 있지 않느냐."

"그, 그거야……."

우물거리는 남궁산의 말을 끊으며 구대통이 슬그머니 눈을 흘겼다.

"아까 창궁무애검법을 선보인 녀석이 둘째냐?"

"그… 렇습니다."

"성취가 훌륭하더구나. 무대에 올랐던 다른 녀석들 못지않아!"

"그, 그랬었습니까?"

속내를 들킨 것 같아 무안해진 남궁산.

"하지만 우승은 못 해!"

"그렇겠지요. 워낙 쟁쟁한 기재들이 모였으니까요."

"그게 아냐. 아마 그 녀석이라면 최종 비무까진 갈 수도 있을 거야. 하지만 우승할 놈은 따로 있어!"

남궁산이 표정이 대번에 휘둥그레졌다.

"그 궁외수라는 그 아이 말입니까?"

구대통이 여전히 비릿한 웃음을 물고 고개를 끄덕였다.

"네가 보기엔 어떻더냐?"

"글쎄요. 다른 구석이 있는 듯해도 투박해 보이던데요."

"흐흐흐, 맞아! 엉성해! 그러나 극월세가 가주를 덮친 수십의 살수를 혼자 해결한 녀석이다. 곧 보게 될 테지만 놈에겐 다른 것이 있어! 우린 그것을 끄집어내야 하고 네 아들을 비롯한 이 대회에 참가한 모든 후기지수가 그 역할을 해주어야 한다. 그래서 낭왕이 자신의 독문 비공을 내거는 강수를 둔 것이고."

남궁산의 표정은 점점 심각해졌다.

"그렇게 혈투를 치르게 해서 끄집어내겠다는 게 뭡니까, 도대체?"

"알게 될 것이라 하지 않았느냐. 너도 직접 보게 될 것이다. 어쨌든 놈은 그것 때문에 최종 비무까지 이른다 하더라도 비급을 차지하지 못해! 자격이 없으니까! 어쩌면 최종 비무 이전에 사단이 날지도 모르지. 흐흐흣!"

"……?"

남궁산은 탁 터놓지 않고 알쏭달쏭하게 말하는 구대통 때문에 속에서 천불이 일었다. 마음 같아서는 확 달려들어 물어 뜯어 버리고 싶은 충동까지 느꼈다.

바짝 다가앉았던 허리를 천천히 세우는 남궁산. 그만큼 낯빛도 경직되어 있었다.

"단순히 참가만 시키려는 게 아니라 다른 것이 있다는 건 짐작했지만 이건 좀 심하군요. 아무 것도 모르고 혈투를 치러야 하는 다른 후기지수들이 억울하지 않습니까."

정색을 한 남궁산은 또 달랐다. 좋은 인상의 무골호인 같았던 남궁세가의 가주가 아니라 의천육왕의 검왕다운 위엄이 대번에 분위기를 압도했다.

"이해해라. 너도 사정을 알게 되면 경악하게 될 것이다."

"······."

세 사람이 궁외수의 영마 기운을 눌러 놓은 탓에 눈치채지 못하고 있는 남궁산. 그의 불만이 째려보는 눈초리에 그대로 표출되고 있었다.

그때 찻잔을 들고 있던 무양이 한마디를 던졌다.

"영마다!"

남궁산의 눈이 바로 무양에게 꽂혔다.

궁외수의 정체를 밝힌 무양이 구대통을 보며 혀를 찼다.

"쯧쯧, 곧 알게 될 일을 뭣 하러 질질 끌어! 답답해하지 않느냐."

"뭐, 뭐라 하셨습니까?"

"영마라고 했다."

"영마?"

"그래. 우린 그 녀석의 살성을 확인하려고 이러는 것이다."

치떠진 검왕의 눈이 바쁘게 네 사람을 옮겨 다녔다.

"화, 확실합니까?"

"우리가 할 일이 없어서 이러고 있는 줄 아느냐. 뿐만 아니라 녀석은 생사현관까지 열려 있을 정도로 천공의 무재까지 타고난 영마다."

남궁산의 턱이 뚝 떨어졌다.

"처, 천공의 몸을 가진 영마……?"

남궁산을 벌어진 입을 다물 수가 없었다. 기가 막혔다. 사실이라면 거의 재앙 수준.

"그렇다. 그래서 낭왕이 무리수를 둔 것이고."

이제야 모든 것을 이해한 남궁산. 깊은 침음이 저절로 흘러나왔다.

"굉장하겠군요. 그가 무공을 익힌다면!"

"그래서 우리가 이렇게 서두르고 있는 것이다. 하루가 다르게 발전하고 있는 놈이니까."

"그래서 어떡할 겁니까? 죽일 겁니까?"

"악마의 기운을 드러내면 당연히 그렇게 할 것이다."

"드러내지 않으면요? 그가 스스로 제어하면 어쩝니까?"

"후훗, 그럴 수 없다. 우리가 확인한 녀석은 완벽한 영마다. 조그만 자극에도 본성이 들끓을 수밖에 없지! 거기다 목적을 가지고 치열한 쟁탈전을 벌이는 놈이 본능적으로 발현되는 엄청난 기운을 억제한다는 건 불가능에 가깝다. 놈에겐 아직 그럴 만한 능력이 없어! 기운이 폭발하게 되면 주화입마에 걸린 사람처럼 자아를 의식하지 못하는 상태에서 과민하게 행동할 것이다. 우린 그걸 확인할 것이고, 그 후엔……."

무양은 뒷말을 잇지 않았다. 하지 않아도 당연히 알 수 있는 말.

남궁산은 무림삼성의 치밀함에 혀를 내둘렀다. 그런 상태라면 그를 죽여도 누구도 항의하지 못할 것이었다. 그와 정혼했다는 극월세가주 편가연조차도.

남궁산은 묵묵히 차를 마시는 낭왕 염치우에게 시선을 돌렸다. 그의 옆에 놓인 두 자루의 판부. 그렇잖아도 비정하기로 소문난 그의 도끼가 숨이 멎을 것 같이 섬뜩하게 느껴졌다.

*　　　*　　　*

비무대가 설치된 광장은 시연 행사가 열렸던 오전과 달리 팽팽한 긴장감이 흘렀다. 비무에 참가하는 후기지수들은 물론이고 그들이 소속된 사문이나 가문의 인사들도 사뭇 비장한 모습들이었다.

시시, 반야, 미기와 같이 다시 비무장으로 온 외수는 단상 오른쪽으로 크고 높게 설치된 대전판을 올려다보았다. 아직 아무것도 표기된 것이 없었지만 곧 추첨과 함께 비무할 자들의 이름이 자리를 찾아 붙을 것이었다.

참가자는 무려 팔십 명. 많기도 많았다.

"공자님, 이길 수 있겠어요? 이건 실전이 아니라 비무라서 조금 다를 텐데?"

시시가 대전판 앞에 모인 후기지수들을 보며 걱정스럽게 물었다.

사실 외수도 그게 신경이 쓰이긴 했다. 적의나 살의가 없는 상태에서 상대와 싸운다는 게 어떤 건지 경험이 없는 데다 감정 조절을 어떻게 해야 하는지 감이 오지 않았다.

"글쎄? 상대를 다치게 하지 않고 이긴다는 게 어떤 건지 모르겠군."

외수의 솔직한 말에 미기가 던지듯 말했다.

"바보! 결정적인 순간에 칼을 멈추면 되잖아!"

외수가 지그시 째려보았다.

"그러니까 그걸 어떻게 하냐고? 그게 멈춰져? 그러다가 상대의 칼이 날아들면?"

"으이그, 멍충이! 따라와 봐!"

마주 노려보던 미기가 투덜거리며 느닷없이 한쪽으로 향했다. 영문을 모르는 외수와 시시가 반야를 데리고 움직였다.

광장 구석. 사람들로부터 떨어져 담장 아래까지 간 미기가 심드렁한 표정으로 자신의 검을 뽑으며 돌아섰다.

"칼을 뽑아!"

"뭐?"

"공격할 테니까 칼을 뽑으라고!"

"무슨 뜻이냐?"

"모르겠다며?"

"……."

외수는 물끄러미 쳐다보다 시키는 대로 천천히 장포 속 칼로 손을 가져갔다.

그러자 미기가 지체 없이 검을 내뻗었다.

"간다!"

"엇?"

캉!

칼을 뽑던 외수가 가까스로 받아내며 허둥지둥 물러났다.

"방심하지 마! 비무라고 해도 봐주는 거 없으니까!"

미기는 여유를 두지 않았다. 거침없이 내쳐지는 검초.

휘익! 슉!

캉! 카앙! 캉캉캉!

준비되지 못했던 외수는 자세를 잡을 겨를도 없이 일방적으로 밀리는 꼴이 되었다.

조금 당황스럽기도 했다. 아직 어린 꼬맹이라고 생각했던 미기가 예상 밖의 위력적인 검초를 쏟아내고 있었기 때문이었다. 매섭고 화려한 검식. 입술을 꼭 깨문 그녀는 완전히 딴 사람이었다.

"음......."

계속 밀리던 외수가 담장 벽이 발뒤꿈치에 닿자 거칠게 반격을 시도했다. 힘으로 이겨내고 옆으로 빠질 생각이었다.

하지만 반격은커녕 그 순간 한 발짝도 움직이지 못했다. 종잡을 수 없을 만큼 빠르고 어지럽게 날아든 미기의 검이 반격하는 칼을 절묘하게 피해내며 목을 파고들어 겨누어졌기 때문이다.

"음......."

외수는 뻣뻣이 선 채 미기를 보며 옅은 침음을 흘렸다.

"어때? 움직일 수 있어? 이렇게 되면 끝난 거야."

외수는 검을 겨눈 미기를 보며 고개를 끄덕거렸다. 자신도 칼을 멈출 수 있을 듯했다.

그때 몇 명의 젊은이가 우르르 바쁘게 달려왔다.

"미기 사매, 왜 그래? 싸우는 거야?"

멀리서 보고 있던 하북팽가 팽소호, 팽소민 남매를 비롯해 두 명의 후기지수였다. 그들이 달려오는 바람에 다른 이들의 시선도 모두 쏠려 있었다.

미기가 대꾸하지 않고 슬그머니 검만 거두었다.

"아미파의 사매로군. 무슨 일이지?"

팽씨 남매와 같이 온 이들 중 키가 장대같이 큰 자가 미기를 확인하고 궁금해했다.

"왜 다들 몰려오고 난리야?"

짜증을 내는 미기.

"걱정돼서 그렇지. 싸우는 건가 싶어서."

"흥, 웃기고 있네. 목적은 딴 데 있으면서!"

"응? 아니 뭐, 하하하!"

빤한 눈치 때문에 멋쩍어진 팽소호가 외수를 힐끔거리며 괜히 뒷머리를 긁어댔다.

"하하, 형씨! 초면인데 인사나 합시다. 하북에서 온 팽가의 팽소호요."

언제나 시원시원한 팽소호가 절도 있게 먼저 포권을 해보였다.

하지만 인사를 받기는커녕 전혀 듣지도 못한 사람처럼 멍하니 반응이 없는 외수. 시선조차 바닥으로 박혀 있었다.

무안해진 팽소호가 미기를 돌아보았다.

"뭐야? 뭐해?"

미기가 눈을 껌벅거리며 묻자 그제야 외수가 반응했다.

"뭐였지? 네가 방금 펼쳤던 그 초식?"

"그건 왜?"

"그거 다시 한 번 펼쳐봐!"

"뭐?"

미기가 어이없단 표정을 했다.

"너 바보야? 내가 언제 초식 가르쳐 준댔어? 비무 요령 가르쳐 준 거잖아!"

"그래, 알아! 그런데 네 무공이 머릿속에 그려져서 그래. 원래 있던 검법이야, 아니면 네가 임의로 펼친 초식이야?"

외수는 미기의 퉁명스런 태도에도 진지하기만 했다.

미기가 어이없어 콧방귀를 뀌면서도 못 이기는 척 대답해 주었다.

"당연히 사문인 아미파의 검공이고, 난피풍검법 중 '회선풍(回旋風)'이란 초식이야."

"회선풍?"

고개를 끄덕인 외수가 다시 생각에 빠져들었다. 정말 회오리바람이 몰아치는 것 같았던 어지러운 초식이 머릿속에 빠르게 수놓아지고 있었다.

영문을 몰라 멀뚱해진 팽소호 등이 미기와 외수를 번갈아 보기만 했다.

우두커니 선 외수.

그가 그럴 때 무엇을 하는지 아는 시시가 슬그머니 미기의 팔을 끌어 외수로부터 떼어 놓으며 그대로 내버려 두란 눈짓으로 사정을 했다.

"뭐야, 이 인간! 비무 끝내는 법을 모른대서 가르쳐 주었더니 뭘 생각하는 거야?"

투덜대는 미기.

팽소호, 팽소민, 그리고 같이 온 두 사람도 어쩔 수 없이 멀거니 쳐다보기만 했다.

외수가 상념을 거둔 건 추첨을 알리는 고함 소리 때문이었다.

"모두 모여라! 대전 추첨을 시작하겠다."

군자검 남궁천의 카랑카랑한 목소리. 비무대 주변이 술렁이고 있었다.

"공자님, 가셔야 할 것 같아요. 아가씨께서도 단상에 다시 올라 앉으셨어요."

"그래."

시시의 말에 외수가 비무대를 향해 신형을 돌렸다.

팽소호가 자신들을 의식하지 못하는 그를 따라 걸으며 유쾌한 웃음을 터트렸다.

"하하하하, 재밌고 엉뚱한 친구로군. 덕분에 우린 완전히 바보가 된 건가? 아하하하!"

그 바람에 외수가 돌아보았다.

"엉? 누구요, 당신들은?"

뒤늦은 외수의 반응에 팽소호가 뒷목을 잡고 더 크게 웃어젖혔다.

"으하하핫! 형씨, 이제야 우리가 보이는 거요? 이거 왠지 얼굴이 빨개질 것 같은걸. 나 팽소호가 이런 무안을 당할 줄이야. 하하하하, 하하하!"

"팽소호?"

외수가 궁금해 하자 미기가 이죽거렸다.

"멍청이! 아까 인사하는 걸 네가 무시했잖아!"

시시가 얼른 설명했다.

"아니에요, 공자님! 공자님께서 못 들으신 것뿐이에요."

"그랬어?"

외수가 걸음을 멈추고 팽소호뿐 아니라 나머지 사람들과도 눈을 맞추었다.

"죄송하오. 궁외수요. 미처 몰라봤소."

"하하하, 드디어 눈길을 주시는 거요? 완전히 바보되는 줄 알았소, 하하하하! 난 하북팽가의 말썽꾼이고, 여긴 내 동생. 그리고 저 두 사람은 송북 서문세가의 형제들이라오."

"아! 아까 시연 때 뵈었소."

외수는 위력적인 도법을 선보였던 팽소민과 서문기란 인물을 기억하고 있었다. 여인의 몸으로 거도를 휘둘렀던 팽소민이나 서문기의 파괴적인 도법은 외수에게 무척이나 강한 인상을 주었었다.

늘씬한 팽소민이 방긋이 웃으며 대꾸했다.

"기억해 주시니 영광이에요. 극월세가와 연분을 맺은 분이라고 들었는데 미기 사매와는 어떻게 아는 사이죠?"

"길에서 만났소."

"어머, 인연도 없이 오가다 만났단 말인가요?"

팽소민이 호기심 가득한 눈을 반짝였다.

옆에서 똑같은 표정으로 주시하고 있던 서문기가 대화에 끼어들었다.

"지금 당신에 대한 관심이 지대하단 걸 알고 있소? 워낙 알려진 게 없는 사람이라 다들 궁금해하고 있소."

"난 알려질 만한 게 없는 사람이오만."

"겸손한 것이오? 극월세가 편가연과 혼인할 사람이라는 것만으로도 사람들의 눈을 뒤집어 놓는 일인데, 그녀를 구한 무용담이나 갑자기 행사장 가운데서 일어나 비무에 참가하겠다고 밝힌 것이나, 모두에겐 의문투성이라오."

"그런 것들이 왜 궁금한지 모르겠으나 대회 참가 이유는 단지 상으로 걸린 책이 탐났을 뿐이오."

외수의 대답에 팽소호가 다시 시원한 웃음을 터트렸다.

"하하하, 너무 솔직해 당황스럽기까지 하구려. 이렇게 거침없다니 뜻밖이오. 그런데 낭왕의 비급을 차지하려면 만만찮은 비무를 꽤 많이 거쳐야 하는데 자신은 있는 거요?"

"글쎄, 아마 당신들이 도와주면 가능할 듯싶기도 하오."

"에? 으하하핫핫! 크하하하!"

목까지 젖히고 대소를 터트리는 팽소호.

"그렇게 말씀하니 정말 져주고 싶잖소. 하하하, 뭐 어쨌든 난 궁 형의 손에 낭왕의 비급이 쥐어지길 바라겠소."

"당신들은 탐나지 않는단 뜻이오?"

"그럴 리가 있겠소. 당연히 우리도 그 비급의 내용을 보고 싶고 갖고 싶소. 낭왕의 일원무극신공은 한 번 보는 것만으로도 엄청난 진전을 가져다 줄 보물일진데 어찌 탐나지 않겠소? 그러나 그런 엄청난 무공일수록 인연이 있는 자에게 전해지리라 생각하오. 난 누가 우승하든 그가 낭왕의 무공과 연이 닿은 자라고 믿소. 후훗, 지금 궁 형을 보니 문득 궁 형께서 그 보물의 주인일지도 모르겠단 예감이 강하게 드는구려. 건투를 빌겠소. 하하하!"

외수는 어른 같은 팽소호의 말에 아무 말도 못했다.

"뭐해, 추첨 안 할 거야?"

까칠한 미기의 목소리.

비무대 옆의 대전판 앞에서 이미 추첨이 시작되고 있었다. 외수와 팽소호 등은 서둘러 무리의 뒤에 합류했다.

추첨 방식은 간단했다. 상자 안에 든 번호패를 각자 하나씩 뽑으면 그만이었다.

대진 방식 또한 단순했다. 앞 번호부터 순서대로 비무하는 방식인데, 일 번은 이 번과 붙고, 삼 번은 사 번과 붙어 승자끼리 계속 비무해 나가는 식이었다.

앞에서 먼저 번호를 뽑은 자들의 이름이 하나씩 커다란 목패에 새겨져 대전판에 걸려 나갔다.

외수는 맨 마지막에 선 탓에 마지막 하나 남은 패를 받아들었고 번호는 볼 것도 없었다. 대전판의 마지막 빈자리, 삼십팔 번이었다.

그런데 팽소호와 팽소민, 서문기를 비롯해 시시와 미기까지 모두 외수를 보고 있었다.

"이런, 이런. 우연치곤 참······."

팽소호의 헛웃음.

무슨 뜻인지 얼른 알아차리지 못한 외수가 어리둥절해하자 시시가 슬그머니 대전판을 가리켰다.

자신의 이름이 적힌 목패가 올라가는 바로 옆자리.

"삼십칠 번이 팽소민이에요."

시시의 말에 그제야 외수는 팽소민을 보았다.

팽소호의 마뜩잖은 씁쓸한 미소. 자신의 번호패를 든 채 어이없단 얼굴을 하고 있는 팽소민.

외수가 무덤덤한 상태로 살짝 고개를 까닥여 먼저 인사했다.

"잘 부탁하겠소."

하지만 팽소민은 대꾸하지 않았다. 잠시 어색한 분위기가 흐르고, 그녀는 천천히 자신의 기색을 찾더니 번호패를 꽉 움켜쥐고선 바로 돌아섰다.

대기석 자신의 자리로 돌아가는 그녀. 쓴웃음을 흘리며 물끄러미 섰던 팽소호가 외수를 한 번 돌아보곤 무거운 걸음으로 그녀를 따라 움직여 갔다.

외수는 문득 또 다른 시선이 자신을 향해 있다는 것을 알았다.

언제나 기분 나쁜 눈빛. 후기지수 무리 속에서 비웃는 듯 묘한 웃음을 흘리고 있는 백도헌이었다.

외수가 그 야릇한 웃음의 의미를 몰라 그저 마주보고만 있을 때 시시가 말했다.

"첫 번째 비무에서 이기면 두 번째 상대가 저 사람이 될 수도 있겠네요. 그가 사십 번이에요."

"응?"

외수는 대전판의 마흔 번째 명패에 적힌 이름을 쳐다본 뒤 콧방귀를 꼈다.

"후훗, 웃기는 인간이로군."

그때 귀에 익은 음성이 끼어들었다.

"누가 말인가?"

시시가 바로 그를 반겼다.

"무결 공자님!"

"하하, 사람들이 많아서 찾기도 어렵군."

"어서 오세요. 공자님께선 몇 번을 뽑으셨어요?"

"어라? 시시, 내 번호는 아직 확인도 안 했던 거야?"

"어머, 죄송해요. 칠십일 번이시네요."

얼른 대전판에서 이름을 찾아본 시시가 무안해했다.

"다행이에요. 궁 공자님과 멀리 떨어져 있어서."

"그런데 시시, 누가 웃기는 인간이란 말이야?"

"저쪽에 있는 저 사람이요. 마치 잘 걸렸단 듯이 계속 공자님을 보며 비웃고 있었어요."

편무결이 백도헌과 대전판의 번호를 확인하곤 고개를 끄덕였다.

"흠, 이를 가는 모양이군. 곤란한걸."

"뭐가요?"

"저 인간, 지난 대회 우승자라더군."

"그, 그래요?"

편무결이 외수를 돌아보았다.

"어때?"

"뭐가 말이오?"

"자네가 출전한 건 반가운 일인데, 자신이 있냐고? 백도헌 저 인간부터 벌써 저렇게 나오니 말이야."

"그런다고 뭐가 다르오. 어차피 비무일 뿐인데."

"음……!"

*　　　*　　　*

대진 순서가 결정되자 비무는 즉시 시작되었다. 호명에 따라 두 사람이 무대에 오르고 서로 정중히 자신을 밝혀 인사를 나누었다.

"위산 오룡방의 진태웅이오."

"나선 의합문의 진강입니다. 잘 부탁하겠소."

도를 쓰는 자와 검을 쓰는 자의 대결이었다. 그러나 두 사람의 첫 대결은 외수의 기대에서 빗나갔다. 시작은 진중하고 멋있었으나 결과는 관중의 웃음이 터질 만큼 엉망이었다.

넓은 비무대 위를 쫓고 쫓기는가 싶더니 서로 뒤엉켜 구르고 자빠지고. 결국 주 심사관인 남궁천이 개입해 한쪽의 승리를 선언하고서야 관중들의 폭소가 잦아들었다.

서로 지지 않으려고 하는 의지. 그것이 그런 양상을 불러온 듯했다.

이후에도 별별 비무가 이어졌다. 실력의 차이로 빠르게 끝나는 비무가 있는가 하면, 너무 팽팽해 심사관이 승패를 갈라 놓는 경우도 있었다. 때론 수준 이하의 비무로 관중으로부터 야유가 터져 나오기도 했다.

대부분 빠르게 승패를 결정짓고 이기는 경우는 익히 알려진 명문대파의 제자가 무명의 후기지수와 맞닥뜨렸을 때인데, 확실히 실력의 차이가 있었다.

외수는 그럴 때마다 시시와 무결의 조언을 들으며 한 걸음 한 걸음씩 무림에 대해 알아가고 있었다.

"이번엔 점창파와 청성파의 대결이네요. 볼만하겠어요. 구대문파로 지칭되는 대문파 제자 간의 대결이니."

시시의 말에 외수는 무심히 고개를 끄덕이며 비무대 위의 두 사람을 주목했다.

"천붕 사형, 오랜만에 뵙는군요. 한 수 가르침을 바랍니다."

두 손을 모으고 깊이 머리를 조아려 먼저 인사하는 사람. 조금은 작고 땅딸한 체구에 더벅머리라 겉으론 어딘지 허름하고 허술해 보였는데 그가 지닌 장검만은 인상적이었다.

"역비 사제, 내가 운이 없는 모양이군. 하필이면 첫 판에 널 만나다니. 사제의 자자한 소문을 들었는데 모쪼록 이 형이 창피나 당하지 않게 해주게."

"아닙니다, 사형. 어찌 제가! 그저 열심히 배우겠습니다."

청성파 천붕이 묘한 미소를 지었다. 몇 해 후배에 대한 자신감인 듯했다. 그는 마주한 역비란 청년에 비해 차림새부터가 달랐다. 단정하고 깔끔하게 차려입은 푸른색 비단옷에 훤칠한 체형까지 갖추어 상대적으로 더 뛰어나 보였다.

"훗, 칠십이파검과 분광검법이라. 볼만하겠군."

편무결의 말에 외수가 돌아보았다. 궁금해하는 얼굴. 편무결이 싱긋이 웃으며 설명을 붙여주었다.

"두 문파를 대표하는 상승 무공들이지. 청성파의 칠십이파검은 변화무쌍하고 점창파의 분광검법은 쾌속하기로 유명하지. 각자 어느 정도 성취를 이뤘는지 모르지만 자파에서 기대하는 인재들인 만큼 아마도 대단할걸세."

편무결의 말에 긴장감이 외수를 죄어왔다. 이름만으로도 홍분이 일었다.

두 사람을 검을 뽑은 후에도 서로 자세를 취한 채 일정한 거리를 두고 한동안 움직이지 않았다.

관중도 누구 하나 숨소리조차 내지 않고 팽배한 긴장감에 침묵으로 화답했다.

이윽고 점창파 제자가 먼저 움직였다.

그 순간 외수는 자신의 눈을 의심했다. 분명 발을 구르고 뛰쳐나간다 싶은 순간 어느새 상대의 가슴을 파고들고 있었기 때문이다.

외수가 자기도 모르게 옅은 신음을 뱉자 편무결이 무대 위에 시선을 둔 채 설명을 붙였다.

"분광축영(分光蹴影)이란 신법일세. 점창파의 쾌속한 검공은 저런 뛰어난 신법과 어우러져 그 위력을 더하지."

카캉! 카카캉!

정신이 없었다. 선공을 펼친 점창파의 제자도, 받아치는 청성파의 천붕도, 한 치의 양보 없는 치열한 접전을 이루었다.

그때 외수의 고개가 옆으로 돌려졌다. 누군가 자신의 장포를 움켜잡는 느낌이 있었기 때문이다.

"……."

반야였다. 그녀가 바짝 붙어서 장포자락을 불끈 움켜쥐고 있었다.

흔들리는 눈망울. 외수는 그녀가 무서워하고 있다는 걸 알았다. 하긴 지금까지와는 전혀 다른 매서운 소리가 엄습하고 있으니 앞이 보이지 않는 그녀로선 그럴 만했다.

그런데 웃기는 건 그녀만이 아니라 오른쪽의 시시도 슬그머니 다가와 반대편 장포자락을 잡았다는 것이다.

외수는 픽 웃고 말았다. 멀쩡한 눈을 가진 시시지만 그녀역시 이런 격렬한 비무가 겁이 나는 모양이었다.

무대 위 두 사람의 우열이 조금씩 갈리고 있었다. 선공을 했던 역비가 그 효과를 살리지 못하고 조금씩 밀리는 느낌. 빠른 역비의 검을 받아치던 천붕이 요소요소에서 적절한 반격을 하며 점차 우위를 잡아가고 있었다.

두 사람의 화려한 비무에 관중들이 터져 나갈 듯한 함성으로 화답하고 있었다.

외수는 매의 눈초릴 하고 한순간도 놓치지 않기 위해 애를 썼다. 검을 내치고 거두어들일 때 팔의 동작, 두 다리의 이동 등등. 그 효율적인 운신들이 그저 신기하고 경탄스럽기만 했다.

비무는 외수가 보기에도 청성파 천붕의 승리로 끝을 맺을 듯했다. 거의 모든 면에서 그가 조금 더 나아보였는데, 아마도 전개하는 검공의 숙련도에서 조금 더 우위인 듯했다.

"음, 역시 천붕 저 친군 칠십이파검을 꽤나 깊게 연성했군.

완벽하진 않지만 역비의 분광검법을 능히 앞서고 있어."

편무결의 읊조림.

그런데 그때 무대 위에서 별안간 변화가 일어났다. 사각의 비무대 구석까지 밀리던 점창파 역비가 탄성을 자아낼 만한 번뜩임을 보였기 때문이었다.

"아앗?"

누가 내질렀는지도 모를 탄성. 구경하는 관중도 그의 역공을 받는 천붕도 단상의 존장들도 모두 놀라는 기색이었는데, 심지어 자리에서 벌떡 일어난 사람까지 있었다.

"회풍무류(廻風舞流)?"

편무결이 긴장하며 내지른 외마디였다.

역시 외수에겐 처음 듣는 이름.

역비의 역공은 단박에 비무 양상을 바꾸어놓았다. 비무대 끝까지 밀려가 곧 아래로 떨어져 버릴 것 같았던 그가 풍차처럼 신형을 돌리더니 한순간에 거의 모든 방위를 점유하며 천붕을 덮쳐 갔다.

갑자기 돌변한 검식. 천붕은 어지러이 받아치며 뒷걸음질을 쳐야만 했는데 허연 그의 낯빛이 얼마나 놀랐는지 말해주고 있었다.

역비의 검법은 그야말로 폭풍 같았다. 거대한 바람의 기둥이 상대의 심장을 향해 파고드는 것 같았다.

외수는 처음으로 누군가가 펼치는 무공이 아름답다고 느

졌다. 굉장히 많은 변화를 일으키는 검법이었으나 오히려 검
로에 허초나 가초 따위의 속임이 없어 거칠다는 느낌보다 깨
끗하단 느낌이 더 강했다.

이젠 반대편 끝자락으로 밀려가게 된 천붕이 그대로 패배
를 안을 듯했다. 하지만 다시 한 번 반전이 일어났다.

승기를 잡았다고 생각했던 탓일까. 조금 서두르는 듯했던
점창과 역비의 동작이 일순 멈췄다.

역비. 그는 서 있었고, 천붕은 기울어진 자세로 한쪽 무릎
을 꿇고 주저앉아 있었다. 하지만 날개를 펼친 듯한 역비의
가슴 정중앙에 천붕이 내지른 검 끝이 정확히 겨누어져 있었
다.

가슴팍을 내준 역비는 움직이지 못했다.

주저앉은 채 그를 보는 천붕의 입가에 옅은 미소가 어린 듯
했다.

천천히 일어서며 검을 거두는 천붕. 승자의 포만감이 전신
으로 흘렀다.

넋 빠진 사람처럼 한두 걸음 주춤대며 물러난 역비가 정신
을 수습하며 정중한 자세로 손을 모았다.

"사형! 소제의 배움이 모자랐소."

"그 덕분에 내가 이겼군."

짧은 천붕의 대꾸. 고개를 숙여 보인 역비가 침통함을 떨치
지 못하며 비무대를 내려왔다.

그제야 정적 속에 멈춰 있던 관중들이 함성을 내질렀다. 승자에 대한 환호.

"흠, 과연 철비검 용교천의 제자답군."

편무결의 말에 외수는 청성파 천붕을 얘기하는 것인 줄 알았다. 하지만 그의 시선은 패자인 역비를 쫓고 있었고, 아래로 내려선 역비의 어깨를 두드리는 한 인물을 턱 끝으로 가리켰다.

갓 마흔이나 되었을까 말까한 인물. 그를 두고 편무결의 설명이 이어졌다.

"점창일기 구대통의 진전을 이은 직계 적손이지. 각파의 같은 배분 중에서도 가장 높은 진전을 이룬 것으로 알려진 인물! 어때? 강해 보이지 않아?"

외수는 철비검이란 인물을 응시하며 가만히 고개만 끄덕였다.

"멋진 사람이라더군. 누구에게나 공평하며 정의로운 사람이라고. 벌써 회풍무류사십팔검을 전수한 걸 보면 제자에 대한 믿음과 사랑도 대단한 듯해! 자칫 청성의 천붕이 팔성 가량 연성한 칠십이파검을 가지고도 질 뻔했어."

"팔성이란 무슨 뜻이오?"

"음, 그건 무공의 성취도를 말하는 걸세. 처음 익히기 시작한 때부터 완벽히 자신의 것으로 만들 때까지를 편의상 열두 단계로 나누어 구분해 놓은 걸세. 무공의 정수를 완벽하게 이해하고 완전하게 연성했을 때를 십성이라 하고, 그 이상 깨우침을 얻어 더 나아간 단계를 위의 두 단계로 표현하지."

외수의 고개가 또 끄덕여졌다.

편무결이 씨익 웃고 물었다.

"어땠나? 비록 후기지수들이 펼친 무공이라 완벽하진 않았어도 청성의 칠십이파검과 점창의 회풍무류사십팔검을 본 소감이?"

"그냥 부러웠소."

"응?"

"나에게도 누군가 저런 무공을 가르쳐 주는 사람이 있었으면 좋겠단 생각을 했소."

"후후, 구하고자 노력만 한다면야 가능하지 않겠나. 멀리 갈 것도 없이 그 나귀를 끌고 다니는 영감님은 어떤가? 여길 왔을 텐데 보이지 않는군. 사람이 워낙 많아서."

편무결이 목을 빼 주위를 두리번거리며 말했다.

"그가 왔었소?"

"그래. 어젯밤에 만났었지. 기다렸었나?"

"뭐, 기다렸다기보다 한 번 만나면 흥정이나 해볼까 했었소."

외수도 주변을 둘러보았다.

"흥정?"

편무결이 바로 궁금증을 드러냈으나 외수는 속셈까지 털

어놓진 않았다.

비무는 쉬지 않고 이어졌다. 승리에 환호하는 사람, 패배에
허탈해하며 눈물까지 보이는 사람. 이런저런 볼거리들이 군
중을 즐겁게 했다.

오후의 일정이 거의 끝나가고 있었다. 해가 지면 비무를 중
단하고 내일로 이어가는 것으로 되어 있었다.

날이 저물기 시작했을 무렵 비로소 외수의 순서가 다가왔
고, 그 시간이 가까워질수록 시시의 긴장도는 더해갔다.

"공자님, 이제 다음 차례예요. 떨리지 않으세요?"

그녀의 질문에 물끄러미 돌아보는 외수. 시시는 말을 하지
않아도 괜한 질문이었다는 걸 금방 깨달았다. 생사의 갈림길
에서도 흔들리지 않았던 그에게는 그럴 가능성이 전혀 없었
다.

시시가 보기에도 외수의 관심은 오로지 비무대 위에서 펼
쳐지는 무공에만 쏠려 있었다. 자기와 싸울 사람이 어느 문파
의 어떤 인물인지 따위엔 조금도 신경을 두지 않는 모습이었
다.

시시는 그런 외수가 믿음직스럽기도 했고 불안하기도 했
다. 스스로 싸움을 좀 할 줄 아는 것뿐이라던 그가 정통 무공
을 익힌 이들을 상대로 과연 어떤 모습을 보일지.

시시는 단상의 편가연을 쳐다보았다. 그녀 역시 같은 심정

으로 불안하게 외수를 주목하고 있었으나, 비무가 진행되는 내내 외수는 그녀를 향해 한 번도 눈길을 주지 않았다.

"극월세가 궁외수! 하북팽가 팽소민!"

이윽고 이름이 불리자 외수는 천천히 비무대 계단으로 향했다.

"조심하게. 시연 때 봐서 알겠지만 팽가도법은 굉장히 위압적이고 파괴적이라네."

걸음을 내딛기 시작할 때 편무결이 한 말이었다. 그러나 외수는 묵묵히 비무대로 올랐다.

맞은편 계단에서 팽소민이 같이 온 가문 사람으로부터 격려를 받으며 올라서고 있었다.

일시에 사방이 조용해졌다. 누군가의 주머니에서 작은 동전 하나 떨어지는 소리까지 들릴 듯한 정적. 극월세가 궁외수란 인물에 대한 궁금증이 불러일으킨 현상이었다.

"드디어… 나왔군."

단상에 있는 점창일기 구대통의 표정이 평소와 달랐다. 항상 실실거리던 표정은 온데간데없고 지그시 내리누른 눈초리에 번뜩이는 안광이 가득했다.

그만 그런 것이 아니었다.

무양진인도 그랬고 명원신니도 마찬가지였다. 비로소 직접적으로 궁외수의 싸우는 장면을 목도하게 되는 것이니 심장이 죄어오는 것은 당연했다.

낭왕 염치우의 눈매도 예사롭지 않았다. 마치 뛰쳐나갈 준비를 끝낸 사람처럼 비무대 위를 쏘아보고 있었다.

검왕 남궁산이 네 사람의 눈치를 살피다가 넌지시 말했다.

"밥상까지 다 뒤엎진 말아주십시오."

"뭐?"

구대통이 돌아보았다.

"아니 뭐, 대회 전체를 망치지 말아달란 뜻입니다. 한 사람 때문에 다른 후기지수까지 피해를 봐선 안 되지 않겠습니까?"

"영마를 확인하고 해치우는 일인데 그딴 것이 신경 쓰이냐?"

구대통의 눈초리가 삐딱하니 스산했다.

남궁산은 슬그머니 극월세가 가주 편가연이 있는 곳을 돌아보았다. 무림삼성이 주도하는 일이고 어쩔 수 없이 벌어져야 하는 일이라곤 해도 이후의 파장이 걱정스러웠다.

다른 곳도 아닌 극월세가 아닌가. 그들이 문제 삼고자 한다면 얼마든지 큰 문제가 될 우려가 있었다.

"극월세가의 저 아이는 알고 있는 것입니까? 자신과 혼인할 자가 영마라는 걸 말입니다."

"모를 테지. 무인도 쉽게 파악하지 못하는 정체를 일반인이 어떻게 알아?"

"……."

남궁산이 자꾸 엉뚱한 눈치를 보고 있자 구대통이 바로 따졌다.

"뭐가 문제냐? 뭘 그렇게 신경 써?"

남궁산이 어물거리다 말했다.

"궁외수란 저 아이가 영마이긴 하나 어찌 보면 무가가 아닌 상가의 사람에 지나지 않을 뿐인데 굳이 이렇게까지 할 필요가 있나 싶은 생각이 들어서 말입니다. 무림에 나서지 않고 상가에서만 살아간다면 문제없는 것 아닙니까."

구대통의 눈초리가 거칠게 찢어져 올라갔다.

"웬 잔정이냐. 영마가 어떻다는 걸 잘 알면서! 더구나 녀석의 재능까지 말해주지 않았더냐."

"하지만……."

"시끄럽다! 지켜봐! 네 눈으로 보다보면 그 쓸데없는 걱정이 싹 사라질 테니까!"

구대통의 꾸지람에 남궁산은 시무룩하게 입을 닫았다.

그때 그를 보고 있던 낭왕 염치우가 넌지시 한마디를 던졌다.

"걱정 말게. 최대한 빠르고 깔끔하게 끝낼 테니."

대회에 지장이 없도록 하겠다는 말.

남궁산은 그의 의자 옆에 높인 두 자루 도끼를 보았다. 불시에 몸을 날려 비무대 위 궁외수의 머리통을 쪼개놓는 그림이 머릿속에 그려졌다. 그의 도끼, 무림삼성에 버금간다는 그의 공력이라면 궁외수는 날아드는 도끼를 의식하지도 못하고 두 쪽으로 갈라질 것이었다.

단상의 편가연과 비무대로 올라선 궁외수를 번갈아 쳐다보는 남궁산. 그래도 숨겨지지 않는 씁쓸함이 폐부를 괴롭혔다.

"궁 소협, 잘 부탁드리겠어요."

여자치곤 꽤 큰 키와 매혹적인 몸매를 한 팽소민이 자신의 칼을 거꾸로 말아 쥐고 인사를 했다.

외수도 칼을 뽑아내며 대꾸했다.

"낭자! 난 이런 비무가 처음이오. 솔직히 어떻게 수위를 조절해야 하는지도 모르오. 하여 다소 거친 부분이 있더라도 양해하시오."

처음 선 비무대. 자세에서부터 어색함이 묻어나는 외수였다.

"저도 거칠 거예요. 궁 소협과 다를 수도 있겠지만!"

"그럼 시작합시다."

"이쪽은 제가 선배이니 선공을 양보하겠어요. 먼저 시작하세요."

외수가 잠시 응시하다가 서슴없이 성큼성큼 다가서기 시작했다.

팽소민이 눈을 부릅떴다. 특별한 자세도 없이 칼을 늘어뜨린 채 다가서는 궁외수의 모습이 긴장감을 불러일으키기 충분했기 때문이다.

팽소민은 칼을 두 손으로 고쳐 쥐며 뒷발에 힘을 줬다. 상대의 무위에 대해 아는 것이 없는 지금, 어떤 공격을 해오든 일단은 견고히 받아쳐 볼 작정이었다.

이윽고 올려쳐지는 궁외수의 칼.

단순한 동작이었다. 칼을 처음 잡고 기본동작을 익힐 때 휘두르는 것과 다를 게 없는 간결한 동작.

빠를 것도 없고 허식 또한 없는 초보적 도격.

팽소민은 뭐지, 뭘까 하는 생각으로 응수를 해갔다. 걷어내듯 비껴치기만 하면 되는 수였다.

그런데.

캉!

칼과 칼이 부딪치며 갑자기 흐트러진 것은 팽소민이었다.

칼을 움켜쥔 두 손아귀가 저릴 정도로 강한 힘.

"웃?"

신음을 흘릴 틈도 없었다. 칼이 밀린다고 느낀 그 순간에 이어져 오는 맹렬한 공격.

캉! 카앙! 캉캉캉캉!

'이게 뭐야?'

놀란 팽소민.

그녀만이 아니었다. 단상의 무림삼성, 그리고 낭왕과 검왕도 자리를 박차고 일어날 듯이 온몸을 들썩였다.

그 순간 관중들 속에서 누군가의 탄성이 터진 듯싶기도 했다.

'뭐냐고, 이게?'

팽소민은 속으로 아우성을 쳤지만 정신을 차릴 여유조차 없었다.

회피하려 보법을 펼치며 뒷걸음질을 시도해 보지만 궁외수의 칼날은 그물처럼 사방을 점유한 채 날아들었다.

난도질을 당하는 느낌.

그러다 한순간 헛숨을 토하는 팽소민.

"헙!"

팽소민의 움직임이 멈추었다. 더 이상 움직일 수 없었다.

턱 끝에 와 닿아 있는 궁외수의 칼. 그 조잡스럽고 볼품없는 칼이 어느새 가느다란 목을 위협하고 있었다.

'난피풍검법?'

일그러진 팽소민의 얼굴. 흔들리는 눈동자.

'어째서 그가 난피풍검을?'

틀림없었다. 처음 시작은 분명 도격이었으나 이어진 공세는 검공이었다. 그것도 아미파의 검공.

팽소민은 이 어처구니없는 상황을 받아들이기 어려웠다. 그의 무공도 의문이었지만 이처럼 허무하게 패해 버리다니.

분노보다 허무함이 먼저 밀려들었다. 어찌 되었든 변명할 수 없는 완벽한 패배. 뭘 해보지도 못할 만큼 엄청난 고수를 상대하면 이런 기분일까.

"이렇게 되면 끝난 것이오?"

목 앞에 겨누어진 칼을 따라 전해져 오는 음성. 뒤늦게 정신을 수습한 팽소민이 궁외수를 보며 자신의 칼을 든 손을 천천히 떨어뜨렸다.

외수도 겨누고 있던 칼을 천천히 거두었다.

다른 이들의 비무 때와는 달리 환호도 박수도 터지지 않았다.

너무 빠르고 싱겁게 끝나 버린 탓일까. 쥐 죽은 듯한 고요, 무거운 침묵만이 싸늘히 광장을 쓸고 있었다.

실의에 빠진 팽소민이 맥을 놓고 비무대를 내려갔다. 늘어진 어깨가 그녀의 실망감을 말해주고 있었다.

"저, 저놈이?"

단상 명원신니의 면상이 난리를 쳤다. 무양과 구대통, 그리고 낭왕과 남궁산 모두가 그녀를 쳐다보았다.

남궁산이 대놓고 물었다.

"그에게 난피풍검법을 가르치셨소?"

"그럴 리가 없지 않느냐. 내가 어째서 저놈에게 검법을 가르쳐?"

노화를 터트리는 명원.

"그럼 저 아이가 어떻게 아미의 검법을?"

재차 이어진 의문에 명원은 대꾸 않고 곧바로 비무대 아래 미기를 쏘아보았다.

그러자 무양과 구대통 역시 바로 미기에게로 눈길을 주었다.

"음!"

"끙!"

동시에 신음을 터트리는 세 사람.

"왜 그러시오?"

남궁산이 거듭 의아해했다.

"말했잖아, 저놈이 가진 재능을! 한 번 본 것을 그 자리에서 따라할 수 있을 만큼 무서운 놈이라고!"

"그럼, 저 아이가 흉내를 낸 것이란 말입니까?"

"그렇다! 난 저 악마 같은 무서운 능력을 이미 본 적이 있어! 싸우던 상대의 초식을 그대로 따라했지. 싸우던 중에 말이다!"

"그게 가능한 일입니까? 심결도 모르는 상태에서 똑같이 펼친다는 게?"

"방금 보지 않았느냐. 완벽하진 않았어도 분명 아미 난피풍검법의 회선풍이었다. 우리가 가르쳤다고 생각하느냐?"

"……."

입이 벌어진 남궁산이 반박을 못하고 쳐다보기만 했다.

"젠장! 영마만 아니라면!"

구대통이 신음처럼 흘린 말이었다.

그의 말에 무양의 인상도 무겁게 일그러졌다.

'하필이면……'

이 순간만큼은 두 사람의 번들거리는 안구에 탐욕의 기색
이 선명했다.

그러거나 말거나 외수는 무대에서 내려서고 있었다.

시시가 안길 듯이 달려와 반겼다.

"공자님, 굉장했어요. 그렇게 쉽게 이겨 버리다니, 대단해
요!"

시시가 기쁨을 주체하고 못하고 있을 때 초를 치는 한마디
가 끼어들었다.

"도둑놈!"

미기였다. 단단히 낀 팔짱에 눈에선 도끼날이 튀어나올 듯
했다.

외수는 돌아보다가 미기 옆에 넋이 빠진 멍한 상태로 쳐다
보고 있는 편무결을 마주했다.

"무슨 일이오. 왜 그러고 있소?"

"아니, 아닐세!"

두 손까지 내저으며 허둥대는 편무결.

외수가 싱겁다는 듯 돌아섰지만 편무결은 마른침까지 삼

켜야 했다. 지금의 승부도 놀랍지만 무엇보다도 외수에게서 보통 무인에게서는 찾을 수 없는 강인한 무언가를 느꼈기 때문이었다.

그것은 한 시대를 풍미하는 자들. 즉, 무림삼성이나 낭왕과 같은 초극지경의 고수에게서나 느껴지는 강함 같은 것이었다.

상대를 숨 쉴 틈조차 주지 않은 치명적인 움직임. 한 치의 빈틈도 없이 빠르고 정확하게 먹잇감의 숨통을 파고드는 맹수의 이빨과 같은 느낌.

'저게 재능인가.'

편무결은 그와 싸울 생각을 말라던 노인의 말이 떠올랐다.

엉성하지만 상대를 제압하는 본능적 감각.

짧은 순간이었지만 궁외수에겐 타고난 무언가가 있다는 걸 편무결은 확실히 느끼고 보았다.

무대엔 다음 순번 비무자들이 오르고 짙게 깔린 석양이 그들을 재촉하고 있었다.

화산파 삼대제자 백도헌. 그가 무대에 오르자 지난 대회 우승자에게 어울릴 만한 열렬한 환호가 터졌다.

화산파 제자임을 나타내는 화려한 복장.

그와 상대할 자 역시 그에 못지않은 차림을 자랑했는데, 다른 것이 있다면 마치 불어 터진 만두처럼 몹시도 뚱뚱한 청년이란 것이었다.

그는 허탈하다는 듯 큰 웃음을 터트리며 먼저 인사를 했다.

"하하핫, 첫 판부터 호되게 걸렸구려. 지난 대회 우승자라니. 살살해 주시오. 나 같은 지방 무가의 소졸이야 그저 참가에 의의를 둔 것이니. 온성 서릉당의 '목은호'요. 마주하게 되어 영광이오."

백도헌은 기분이 좋아졌다. 상대가 알아봐 주니 어깨가 으쓱하며 힘이 들어갔다.

"나야말로 잘 부탁드리겠소. 요즘 지방 무가의 인재들이 일취월장 뛰어난 무위를 보인단 소문이 파다하던데 혹시 목형이 아닌가 싶소. 좋은 가르침 바라오."

백도헌은 누가 봐도 우아하고 겸손한 몸짓과 언변으로 상대를 존중했다.

하지만 비무는 그와 같지 않았다.

서릉당의 목은호란 청년은 백도헌의 상대가 되질 못했다. 나름 뜻을 가지고 나왔겠으나 처음부터 현격한 무위의 차이를 보이며 형편없이 밀렸다.

그런 상대를 백도헌은 갖고 놀듯 했다. 뚱뚱한 몸집에 생각보다 약해서 단박에 끝낼 수 있음에도 강약을 조절해 가며 구경꾼들에게 즐거움(?)을 선사했다.

"하하하! 왜 나왔지? 뚱뚱한 몸매 자랑하러 나왔나. 도무지 상대가 되질 않는군. 하하하하!"

여기저기서 폭소가 터져 나왔다. 목은호는 백도헌의 검을 피해 바닥을 구르기도 하고 걷어차여 엎어지기도 했다.

그럼에도 그는 육수 같은 땀을 뻘뻘 흘리며 발딱발딱 일어나 어떻게든 맞서보려 했다.

관중들의 폭소가 끊임없이 이어지고 있을 때 심사관 남궁천의 외침이 들렸다.

"그만! 화산파 백도헌 승!"

그 한마디에 백도헌의 손이 비로소 멈추었다.

"목 형을 상대해 영광이었소. 운이 좋았습니다. 많이 배웠소."

지극히 정중한 자세로 손을 모으고 머리를 숙이는 백도헌. 예의 바른 그의 모습에 또 우레와 같은 박수가 터져 나왔다.

백도헌은 은은한 미소를 지은 채 천천히 비무대를 내려왔다.

보고 있던 시시가 불만스럽게 중얼거렸다.

"그는 다 보여주지도 않았군요."

외수는 대꾸하지 않고 인상을 찌푸린 채 백도헌만 응시했다.

단상의 검왕 남궁산이 첫날 일정을 마무리하기 위해 일어섰다.

"오늘 비무는 여기까지 한다! 나머지 절반은 내일 오전에,

그리고 승자 간 대진은 내일 오후에, 그리고 마지막 날 우승자를 가린다!"

어느새 날이 저물고 있었다. 꼼짝도 않고 지켜보던 관중들이 열렬한 함성으로 답하며 각자 움직이기 시작했다.

"공자님, 저기 아가씨께서 내려오세요."

시시가 단상에서 내려오는 편가연을 가리켰다. 그녀는 마치 자리를 지키고 앉아 있는 것이 갑갑했다는 듯 끝나자마자 부리나케 내려오고 있었다.

"공자님! 오라버니!"

편무결이 웃었다.

"왜 그렇게 바쁘냐. 누가 쫓아오는 줄 알겠다."

"오라버니, 저기!"

느닷없이 뒤쪽을 가리키는 편가연.

돌아본 편무결의 인상이 바로 굳었다.

풍채 좋게 다가선 두 사람. 편장우와 편무열이었다.

"숙부님!"

편가연이 머리를 조아려 먼저 인사를 했다.

"오랜만이로구나."

"네, 숙부!"

아버지 편장엽과는 달리 언제나 근엄한 표정. 무인이라 그런지 변화가 많지 않은 편장우였다.

"대륙천가에 널 만나러 갔었다만 급한 일이 생겨 돌아와야만 했다."

"그러셨군요."

"네가 혼자서 많은 애를 쓰고 있다고 들었다. 상가의 일은 이 숙부가 잘 몰라 도움이 되질 못하는구나. 미안하다."

"아닙니다, 숙부님! 저 때문에 노심초사하시는 걸 무열 오라버닐 통해 들었습니다. 저에게 이처럼 숙부님이 계시다는 게 얼마나 큰 힘이 되는지 모릅니다."

"그렇다면 다행이고. 한데 묘한 인연을 만났다고? 정혼자라며 엉뚱한 녀석이 나타났다던데?"

대뜸 던져온 편장우의 말에 편가연이 당혹스러워했다.

"그, 그게 엉뚱한 것은 아니고……."

편가연은 얼른 기색을 바로하고 외수를 소개했다.

"이 사람입니다. 생전 아버지께서 정한 사람이고, 저의 은인입니다."

"은인?"

지엄한 모습으로 외수를 굽어보는 편장우.

"흠, 네가 위기를 겪었다는 말은 들었다. 너를 구해준 사람이 이 아이란 말이냐?"

"그렇습니다, 숙부님! 궁 공자님, 인사하세요. 섬서 무가의 작은 아버님이세요."

"궁외수라 합니다."

꾸벅 고개를 숙이는 외수.

"흠!"

편장우의 표정은 썩 내키지 않는다는 표정이었다.

외수는 그가 왜 그런 얼굴로 보는지 알 수 없었으나 외수 역시 그가 맘에 드는 것은 아니었다. 근엄하고 고압적인 태도. 상대를 무시하고 억누르려는 듯한 인상은 큰 아들 편무열과 다를 바가 없었다.

"글도 모르고 무공도 할 줄 모른다고 들었는데 어떻게 연아를 구할 수가 있었지?"

"그냥 힘을 다했을 뿐이오."

"잔재주를 숨기고 있었던 것인가?"

묘하게 기분 나쁜 말투.

외수가 대꾸를 머금고 있자 지그시 굽어보던 그가 바로 돌아섰다.

"연아, 궁금한 것이 많다만 우선 이곳 사람들부터 만나야 하니 이야기는 나중에 나누도록 하자."

"네, 숙부님!"

외수는 그가 자릴 뜨는 걸 보고 있다가 편무결을 슬쩍 바라보았다. 묘한 부자간. 인사말은커녕 서로 눈길조차 외면하고 있었다.

"찬바람이 쓸고 지나간 것처럼 싸늘하군."

외수의 말에 편가연이 고개를 끄덕였다.

"원래 그런 분이세요. 필요한 말만 하시죠. 궁 공자님, 오늘은 저녁 식사를 밖으로 나가서 하는 게 어떨까요?"

"응?"

"비무에 참가하셨고 첫 승리도 했으니 기념하고 축하하는 의미에서요."

"그게 축하할 일이야?"

대회 참가를 반기지 않았던 그녀이기에 외수는 조금 의아했다.

"어쨌거나⋯ 비무를 이기신 건 기쁘니까요."

"⋯⋯?"

외수가 편가연의 의중을 살피는 사이 반야가 인사를 했다.

"그럼 우린 가볼게요."

뭉그적대는 반야. 외수는 그제야 그녀가 할머니를 만나러 가기로 한 것을 기억했다.

"음, 데려다 줄게."

"아니에요. 혼자 갈 수 있어요."

"괜찮겠어?"

"네. 오늘 첫 승리 축하드려요."

반야는 아쉬움 가득한 미소를 지으며 미기의 팔을 더듬어 붙잡곤 천천히 따라 걸었다.

아직 걸음이 불편한 그녀를 외수가 걱정스레 지켜보고 있을 때 편가연이 다시 물었다.

"어떡할까요, 공자님?"

"좋을 대로 해!"

대답이 떨어지자마자 편가연은 담곤과 위사들에게 지시했다.

"인근에 좋은 음식점이 있는지 알아봐 주세요."

第四章

두 번째 비무

미안하다고, 반성하고 있다고 그러더군.
난 그 말에 감격하는 모습을 보여주며 용서했어.
하지만 그가 가고 나서 꿰맨 내 상처가 다시 터졌어.
울화통 때문에.

—배때기 갈라진 놈

　사람들이 빠져나간 남궁세가. 북적대는 거리로 외수와 편가연 일행이 나섰을 때, 예상치 못한 인물이 기다렸다는 듯이 튀어나왔다.

　"으헤헷! 어딜 가느냐?"

　"영감님?"

　편무결이 반색을 했다.

　"뭐냐? 넌 반갑지 않단 뜻이냐?"

　외수가 떨떠름한 표정으로 보고 있자 즉각 노인의 공격이 들어왔다.

　편가연이 어리둥절해 했다.

"누구……?"

갑자기 튀어나와 이쪽저쪽 아는 체하는 허름한 노인.

나귀 한 마리, 구부정한 체구, 꾀죄죄한 몰골, 그리고 기다란 검.

시시가 편가연의 궁금증에 얼른 대꾸했다.

"전에 공자님을 도와주신 분이세요."

"그러……?"

"넌 누구냐? 못 보던 얼굴이로구나?"

우물대는 편가연의 코앞으로 면상을 들이밀며 공격 대상을 바꾼 노인.

이번에도 시시가 재빠르게 끼어들며 소개를 붙였다.

"궁 공자님의 정혼녀셔요."

"응? 정혼… 녀?"

노인이 눈꼬리를 꺾으며 편가연을 빠르게 훑었다.

표정을 수습한 편가연이 일단 인사를 했다.

"안녕하세요. 극월세가 편가연입니다."

"으음, 네가 극월세가의 그 아이란 말이지?"

"저를 아시나요?"

"후훗, 알다마다. 어찌 모를까. 흠!"

계속 음흉한 눈매로 훑어대는 노인. 편가연은 못마땅했지만 내색은 하지 않았다.

외수가 나섰다.

"웬일이오?"

외수는 번들대는 노인의 눈초리가 편가연이 가진 많은 돈에 대한 탐욕이라 생각했다.

"웬일은. 그냥 구경 왔지. 보았더니 네놈도 비무대에 올랐더구나? 그 말도 안 되는 엉성한 실력으로 말이다. 크큭, 그런데 혹시 비무에 이겼다고 축하 따위를 하기 위해 밥을 먹으러 가는 길은 아니지? 뭐, 그렇다면 나도 출출하던 참이라 같이 축하를 해줄 의향은 있는데. 어떠냐?"

귀신같은 늙은이.

"얻어먹으러 왔단 핑계를 그렇게 둘러대시는구려."

"낄낄, 오해하지 마라! 너 아니라도 나 밥 사줄 놈은 많으니까. 그렇지 않느냐?"

노인이 편무결을 콕 찍어 가리키자 편무결이 쑥스러워하며 웃었다.

"하하하, 맞습니다. 얼마든지! 아하하하!"

"들었지? 네 것 안 뜯어먹을 테니 앞장서라! 어디로 가면 되느냐?"

으스대는 노인.

편무결이 얼른 안내를 자처했다.

"가시죠. 이쪽입니다. 이쪽!"

앞서가는 두 사람을 보던 외수는 이내 신경을 접었다. 밖으로 나온 이상 노인이 문제가 아니라 편가연에게 신경을 써야

했기 때문이다.

                    *   *   *

위사들이 수소문해 안내한 곳은 여기 황산에서도 최고로 알아주는 음식점이었다. 규모도 엄청난데다가 꾸며놓은 환경도 수려해 척 보아도 지체 높은 사람이나 일부의 돈 많은 부호들이 드나드는 곳임을 한눈에 알 수 있었다.

멋진 누각에 화려한 등불. 크고 둥근 탁자 위에 깔린 붉은 비단보.

느닷없이 끼어든 노인은 그곳에서도 요란했다.

"크하핫, 좋은 음식과 주향이 내 코를 찌르는구나."

편무결이 보조를 맞추었다.

"예, 영감님! 마음껏 드십시오! 코가 삐뚤어져 엎어지면 제가 업고 가겠습니다."

"크흐흐흐, 이런 훌륭한 녀석! 얼굴도 잘생긴 게 어른 공경도 할 줄 아는구나. 어떤 못생기고 싸가지 없는 놈이랑은 차원이 달라! 쯧쯧!"

외수를 향해선 눈을 흘기고 혀까지 차는 노인.

시시는 그런 그가 항상 그렇다는 걸 알기에 그저 보며 웃고만 있었지만 편가연은 못마땅하기만 했다.

그가 엄청난 고수이고 외수에게 무공까지 한 수 가르쳐 준 사람이라는 것을 시시에게 귀띔으로 들었으나 맘에 들지 않았다. 시끄럽고 너저분하고. 거기다 나귀를 끌고 다니는 것도 궁상맞게 보였다.

무공을 숨긴 고인이라면 그에 맞는 풍모가 있는 것이 당연한데 편가연은 현재까지 그런 구석을 어디에서도 찾지 못했다.

"엉? 넌 왜 그런 인상이냐? 내가 불편해?"

눈치도 빠르다.

"아, 아닙니다. 고인을 모시게 되어 영광입니다."

"그럼! 영광이어야 하지. 그런데 저 못난 놈의 정혼녀라고?"

"네."

"안됐구나. 하필이면 저런 재수 옴 붙은 놈이라니."

"예?"

"만인이 우러르는 극월세가의 재녀이고 외모 또한 출중한데 저 온갖 재수라고는 없는 놈을 어찌 감당하려고?"

편가연은 노인이 어째서 저런 말을 서슴없이 내뱉는지 알 수 없었다.

"말씀이……."

"아니다! 네 팔자지, 뭐! 그나저나 네 아비가 죽었다고 하던데 그 문제는 해결했느냐?"

계속 예상치 않게 이어지는 질문에 편가연이 대답을 못하고 멀뚱해졌다.

외수가 물었다.

"영감이 그걸 어찌 아오?"

"비밀이냐? 천하가 다 아는 일을?"

바로 받아치는 노인.

외수와 노인이 눈싸움을 벌이듯 하자 결국 편가연이 대답했다.

"아닙니다. 아직 해결하지 못했습니다."

"왜?"

"적의 정체가 너무도 묘연하기 때문입니다."

"그래? 어렵게 생각하지 말고 쉽게 풀어라!"

"네?"

"그런 적일수록 멀리 있지 않고 가까이 있다. 특히 보이지 않는 적은 더 가까이 있는 법이지. 낄낄낄!"

심상찮은 노인의 말에 모두가 그의 입을 주목했다.

"멀리서 보이지 않는 적은 바로 발밑에 있는 법! 등불 위만 보려하지 말고 아래를 봐!"

"……!"

의미심장한 말. 다들 노려보자 노인이 갑자기 점원들을 향해 딴청을 피웠다.

"야, 술과 음식이 언제 나오는 것이냐? 왜 이렇게 느려!"

시시가 달래듯 대답했다.

"귀한 요리들이라 조금 오래 걸려요. 조금만 기다려 주세요."

언제 그랬냐는 듯 한순간에 표정이 바뀌는 노인.

"응? 그래? 그런데 예쁜 아가야! 다시 보니 무척 반갑구나. 너도 반갑지?"

"네, 할아버지!"

"흐훗, 혹시 그동안 이 못생긴 놈이 괴롭히진 않더냐? 말해라. 그랬다면 내가 혼쭐을 내주마!"

다시 외수를 갈구는 노인.

"아니에요. 그럴 리가요. 너무 잘해주셔서 입이 귀에 걸렸는걸요."

"아니다. 네 얼굴을 보니 맘고생을 적잖이 한 듯해. 감싸줄 필요 없다. 말해라. 알다시피 난 이놈 정돈 손가락 하나로도 다스릴 수 있느니라."

외수가 바로 째려보았다.

"뭐요, 내 아버지라도 되는 것처럼 말하시는구려."

"큼, 네놈보다 내 며느리 될 아이가 걱정되어 하는 말이다."

"흥, 며느리? 아들이나 있기나 한 게요? 어느 게 진짠지 믿을 수가 있어야지!"

"시끄럽다! 네놈에게 믿어달란 소리 안 했다."

만나기만 하면 불꽃이 튀는 두 사람.

외수는 영감을 노려보며 내공 수련을 위해 그를 꼬드겨 보려던 생각을 접었다. 이상하게 마주하기만 하면 심사부터 뒤틀리니 말을 꺼낼 분위기가 아예 만들어지지 않았다.

어떤 때는 이 영감이 과연 그 엄청난 고수가 맞는지 의심까지 들기도 했다.

외수는 쓴 입맛만 다셨다.

'젠장, 이렇게 되면 어쩔 수 없이 낭왕이 내건 책에 필사적으로 매달려야 하는 건가. 쩝!'

노인은 혼자 신 났다. 요리에 술에, 걸신들린 사람처럼 먹어대며 끊임없이 웃고 떠들어댔다.

*   *   *

보성염가의 염설희는 어린 손녀를 보는 내내 마음이 아팠다. 식탁을 아무리 멋지게 꾸미고 산해진미를 차려놓아도 볼 수 없으니 가여워 죽을 지경이었다.

"할머니, 이렇게 많은 음식을 저 때문에 차리신 거예요?"

반야가 마치 전부 보인다는 듯이 갖가지 향이 퍼져 올라오는 식탁을 향해 팔을 펼쳐 보였다.

"그래, 많이많이 먹도록 해라. 마음 같아서는 더 많은 걸 먹이고 싶다마는……."

"할머니, 먹다가 배 터져 죽겠어요."

"그러니까 이 할머닐 자주 찾아왔으면 이런 일이 없지 않느냐. 이렇게 만난 김에 그놈 옆에 붙어서 더 고생하지 말고 할머닐 따라가자!"

"어떻게 그래요. 제가 없으면 할아버지진 혼자 계셔야 하는데. 외로우실 거예요."

"하지만 너도 이제 시집갈 나이가 되었잖느냐. 언제까지나 그 무식한 칼잡이들 틈에서 살 거야."

"저 같은 맹인이 무슨. 저 시집 안 가요."

반야가 고개를 떨어뜨렸다.

"무슨 소리냐. 시집을 안 가다니. 그럼 그놈 옆에서 평생 혼자 살겠단 말이냐?"

"네."

"말도 안 돼! 앞을 보지 못한다고 다른 걸 못 하는 게 아니지 않느냐. 너는 충분히 예쁘고 똑똑해! 설령 그놈과 계속 같이 살더라도 누군가를 만나 혼인은 해야 한다."

반야는 고개를 숙인 채 말이 없었다.

염설희는 자신이 성에 못 이겨 윽박지른 듯해 바로 수습했다.

"이런, 미안하구나. 감정이 앞섰다. 그 얘긴 차차 하기로 하고 어서 식사부터 하거라. 그런데 같이 온 아이는 누구냐?"

그제야 염설희는 나란히 앉은 미기에게 눈을 주었다.

"아미파의 제자예요. 단상에 계시던 명원신니의……."

"그래?"

눈을 희뜩이는 염설희. 무공을 하는 사람이라면 질색을 하는 그녀라 마뜩치 않은 얼굴이었다.

거기다 미기의 태도도 맘에 들지 않았다. 벌떡 일어나 인사를 하기는커녕 굳게 팔짱을 끼고 앉아 노려보는 꼴이 영 눈에 거슬렸다.

그러나 미기는 미기대로 불만이었다. 미기의 눈엔 생긴 것도 마귀할멈처럼 흉물스럽게 생긴 할망구가 오랜만에 본 가련한 손녀를 불러다놓고 대뜸 소리부터 지르니 한마디 쏘아붙여 주고 싶은 것을 억지로 참고 있는 중이었다.

*　　　*　　　*

"부르셨습니까, 아버지!"

검왕 남궁산의 방문을 열고 들어온 사람은 그의 둘째 아들 영이었다.

"그래, 어서 오너라."

"어쩐 일이십니까?"

스물여섯 살, 훤칠한 키에 사내답게 생긴 남궁영은 평소와 달리 조금 근심어린 표정의 아버지를 조심스럽게 살폈다. 밤 늦은 시간엔 따로 부르는 법이 없었던 아버지였기에 이상해서였다.

남궁산이 잠시 뜸을 들이다 아들 영을 보며 입을 열었다.

"음, 묻고 싶은 것이 있어서 불렀다. 당부할 것도 있고."

"말씀하십시오."

"대연신공(大衍神功)은 어디까지 성취했느냐?"

"아시는 대로 모두 성취했습니다."

"천뢰기(天雷氣)는?"

"이제 삼성 정도 수련했습니다."

"음, 그래? 좀 더 나아갔더라면 좋았을 것을."

"예?"

남궁영은 아버지 남궁산의 말에 의아해했다. 평소 무공에 있어서만큼은 절대 서둘러선 안 된다는 것을 철칙처럼 여기고 금기시하는 분이 난데없이 아쉬움을 표출하다니. 그리고 남궁영은 최근 몇 년 사이 급속한 발전을 이뤄 이미 후기지수 수준을 뛰어넘었단 평가를 받고 있는 중이었다.

"아버지?"

남궁산은 아들의 의문에 대꾸하지 않고 본론으로 들어갔다.

"낮의 비무에서 궁외수란 아이를 봤느냐?"

"예. 극월세가의 그……."

"그래, 그 아이! 네가 보기에 어떻더냐?"

"무엇을 말씀입니까?"

"그 아이와 겨룬다면 이길 수 있겠더냐?"

"예?"

남궁영은 당최 아버지가 무슨 말을 하고자 하는 것인지 당혹스럽기만 했다. 뜬금없이 이길 수 있겠냐니.

"아버지! 그가 저와 겨루게 될 것이란 말입니까?"

"그렇게 될 것이다."

휘둥그런 눈으로 아버지를 보던 남궁영이 일단 놀라움을 가라앉히며 차분히 대답했다.

"글쎄요. 그와 저는 순번이 멀어 서로 마주하려면 맨 마지막 비무에나 가능할 텐데, 아버지께서 그리될 것이라 하시니 의심의 여지가 없군요. 그 친구, 소자가 보기엔 어딘지 세련되지 못한 어색함이 있었으나 순간순간 매섭게 번뜩이는 날카로움이 보였습니다. 아가리를 벌린 맹수의 이빨 같은 느낌이랄까요?"

남궁산이 신중히 고개를 끄덕였다.

"그래. 맞아. 바로 보았다. 그 아이에겐 남들과 다른 치열함이 있다."

"치열함이요?"

"그래. 일반 무인의 느긋함 따윈 그 아이에게 없다. 일단 검을 마주하면 내면으로 어떻게든 상대를 물어뜯어 찢어발기겠단 시퍼런 살기가 펄떡대지. 그 감각, 그 본능. 절대 간과해서는 안 될 무서움이다."

"……?"

남궁산은 늦추지 않고 말을 이어갔다.

"별다른 일이 없다면 그 아이가 최종 비무에 오를 것이다. 그와 마주하게 될 가능성이 높아! 감당할 수 있겠느냐?"

"아버지! 이상합니다. 아버지답지 않게 어찌 승부에……?"

"음, 말할 수 없는 부분이 있어 그렇게 되었다. 솔직히 이번 일에 많은 우려를 갖고 있다. 네가 다칠 수도 있어서!"

"다친다고요? 비무인데 말입니까?"

"그 아이와 싸우게 되면 그럴 수도 있단 뜻이다. 말하지 않았느냐. 치열한 본능을 가진 아이라고. 그의 칼이 멈추지 않을 수도 있다."

"……?"

남궁영은 어안이 벙벙할 뿐이었다. 칼이 멈추지 않는다? 그건 비무가 아니라 실전과 같단 말이었다.

남궁영은 지그시 어금니를 깨물었다. 그리고 대답했다.

"소자, 지고 싶지 않습니다!"

남궁산이 그윽한 눈길로 아들 영을 응시했다.

"그래서 더 문제라는 것이다. 너는 분명 우승할 만한 무위를 갖추었다. 그 의욕이 상대의 치열함을 더 자극하게 될 것이다."

남궁산은 상대가 영마라는 사실에 대해서는 끝내 말하지 못했다.

"조심해야 한다. 그러나 물러서진 마라. 방심하지 말고 신중하란 뜻이다. 너도 보았듯이 한순간에 목숨을 잃을 수도 있는 문제야!"

남궁영은 대꾸 없이 아버지 남궁산을 보았다. 이러는 아버지의 모습을 처음 보는 남궁영이었다. 근심을 가진 모습. 아들로서 할 수 있는 건 믿음을 주는 것뿐이었다.

"알겠습니다. 명심하여 임하겠습니다."

*   *   *

"어딜 갔다 오는 길이냐, 이 시간까지?"

지금까지 계속 걱정하며 방 안을 서성인 낭왕. 그는 미기와 함께 문을 열고 들어서는 반야를 보고 짐짓 인상을 썼다.

"할아버지……."

"넌 가보거라!"

미기가 낭왕의 말에 이유도 없이 뜨끔했다. 천하에 무서운 것이 없는 그녀였으나 낭왕 염치우만큼은 무서웠다. 성질도 성질이지만 더러운(?) 인상부터 껌뻑 죽게 만드는 그였기 때문이다.

미기가 주섬주섬 나가자 낭왕은 다시 반야에게 주목했다.

"그놈과 같이 있었던 것이냐?"

"아니에요. 할머니와……."

"할머니?"

"네. 보성 할머니와 같이 있었어요."

"음!"

속으로 삼키는 낭왕의 신음이 태산처럼 무거웠다.

반야가 고개를 들었다.

"할아버지도 할머니 와 계신 걸 보셨죠?"

낭왕은 대답을 못했다.

"보셨을 텐데 왜 제게 말씀 안 하셨어요?"

"네게 뭐라더냐?"

"같이 살자고 하셨어요."

"그래서? 같이 살고 싶으냐?"

"아니… 요."

고개를 젓는 반야.

"어떻게 그러겠어요."

"그 방편이 편할 수 있다. 이제 너도 다 컸으니."

반야는 할아버지가 맘에도 없는 소릴 한다는 걸 알고 있었다.

"할아버진 제가 할머니께 가서 살았으면 좋겠어요?"

다시 대꾸를 못 하는 낭왕.

"분명 할머니께서도 적적하실 거예요. 따로 가족이 없으시니. 같이 살진 못하더라도 두 분이 화해를 하고 가까이서 자주 뵐 수 있기라도 하면 좋을 텐데."

마음속의 바람. 그러나 결코 쉽게 이루어질 수 없는 염원임을 알기에 반야는 혼자 힘없이 고개를 떨어뜨렸다.

"쉬어라."

할 말이 없는 낭왕. 반야가 자신의 방을 찾아 들어가자 그 모습을 물끄러미 지켜보고 선 그의 얼굴에 쓰리고 안타까운 그림자가 그대로 나타났다. 자신이 채워줄 수 없는 부분. 이제 성인이 되어버린 손녀를 위해 다른 고민을 할 때라는 걸 깨닫고 있었다.

* * *

대회 이틀째 날이 밝았다.

일찌감치 별당 앞에 나타난 외수. 반야도 준비를 하고 있었던 듯 바로 안쪽에서 모습을 드러냈다.

"어김없이 와주셨군요."

"약속이니까."

"오늘은 걸어가겠어요."

"표정이 왜 그래? 무슨 일 있어?"

"아니에요."

어제와 분위기가 다른 반야. 외수는 어딘지 기운이 없고 시무룩해 보이는 그녀에게 한쪽 팔을 내주고 걸으며 조심스레 눈치를 살폈다.

그런데 문득 반야가 먼저 입을 열었다.

"공자님?"

"왜?"

"제가 예쁜가요?"

"뭐?"

뜬금없는 물음에 외수가 걸음을 멈추자 반야가 잡고 있던 팔을 슬그머니 놓으며 고개를 숙였다.

"제 모습이 어때요?"

"무슨 밑도 끝도 없는 질문이야?"

"그냥… 제 모습이 다른 사람들에게 어떻게 비쳐지나 해서요. 공자님 같은 사내들에게……."

"사내들?"

그제야 외수는 반야가 무엇을 궁금해하는 것인지 감을 잡았다.

"왜, 시집가고 싶어?"

툭 튀어나간 말. 그러나 너무 단도직입적이었다.

반야가 펄쩍 뛰었다.

"아니에요. 그냥! 그냥……."

"왜? 맹인이라서 시집 못 갈까 봐?"

이왕 튀어나간 말, 외수는 거침이 없었다.

빙긋이 웃는 외수. 반대로 반야의 목은 자꾸만 기어들어 갔다.

"그냥 공자님 생각이나 말씀해 주세요."

"후훗, 그럴까? 솔직히 무시무시한 낭왕의 손녀만 아니라면 낚아채 가고 싶을 만큼 예쁘지!"

"맹인인… 데도… 요?"

"글쎄? 그것을 덮을 만큼 넌 예쁘게 생겼잖아. 그리고 눈뜬 사람보다 오히려 여러 면에서 더 나은 거 같은데?"

"정말요? 듣기 좋으라고 하는 소리 아니에요?"

"이런! 난 입에 발린 소리 따위나 하는 인간 아냐. 다른 사람들에게도 물어볼까? 정말 네가 그런지 아닌지?"

"아, 아니에요."

금세 얼굴이 빨개진 반야.

외수는 거기다 한마디를 더 붙였다.

"이봐, 내가 아는 어떤 인간 중에 천하의 미인만을 상대하는 아주 겉보기 멀쩡한 도둑놈이 하나 있는데 말이야, 아마 그가 보면 네가 낭왕의 손녀라고 해도 훔쳐 가려고 할걸."

"도둑놈이라고요?"

"그래. 귀수비면이라고 하는 인간이지. 꽤 유명한 것 같던데, 알아?"

"들… 어 본 것 같아요."

"후훗, 그래. 웬만하면 그 인간 눈엔 띄지 말라고. 너보다 훨씬 안 예쁜 시시조차 납치해 가려고 했었으니까."

"어머? 시시 낭자께서 들으면 서운하겠어요."

"어쩌겠어. 사실인걸 뭐."

외수는 느물느물 잘도 말했다.

입가에 미소가 어리는 반야. 그녀는 외수의 정혼녀인 편가연 가주와 비교하면 어떠냐는 질문까지 하려다 차마 그것까진 묻지 못하고 입을 닫았다.

다시 걷는 외수. 그는 발그레 상기된 얼굴로 다시 생기를 찾은 반야를 곁눈질로 힐끔힐끔 내려다보며 스스로 대견해했다.

대회장은 어제보다 더 많은 사람들이 몰려들어 발 디딜 틈조차 없이 복작거렸다.

저마다 어제 벌어진 비무에 대한 얘기, 그리고 오늘 벌어질 승부에 대한 예측을 쏟아내며 대회가 진행되기를 기다렸다.

외수, 시시, 반야, 미기가 어제와 같이 자리하고 있을 때, 편무결이 뒤늦게 혼자 중얼대며 나타났다.

"오늘도 늦었군."

시시가 일어나 그를 반겼다.

"어서 오세요. 그런데 왜 혼자 오세요?"

"응? 그럼 누구와 같이 와야 돼?"

"나귀 할아버지?"

"글쎄?"

어제 마신 술이 덜 깬 듯 푸스스한 모습의 편무결이 뒷머리를 긁적이며 주위를 돌아보았다.

외수도 슬쩍 돌아보았다. 어젯밤 술로 고주망태가 된 영감을 편무결이 데리고 갔었기에 같이 나타날 줄 알았기 때문이다.

"아직 안 오셨어? 어제 내가 묵는 객잔에 모시긴 했는데 객실엔 안 계시던데. 나귀도 안 보이고. 먼저 오셨을 줄 알았는데?"

"사람이 많아서 찾지 못하나 봐요."

"그래. 뭐 어디선가 보고 계시겠지. 아니면 다른 볼일이 있으시거나."

"그런데 괜찮으시겠어요? 오늘 오전 중에 비무를 해야 하잖아요."

"흐흐, 어떻게든 되겠지 뭐. 걱정하지 마."

능청스럽게 웃고 마는 편무결. 노인과 죽이 맞아 둘이 같이 밤늦도록 신 나게 퍼마셔 댄 그였다.

"상대가 무당파 제자네요."

시시가 대전판에서 청운이란 이름을 확인하고 더욱 걱정스런 얼굴을 했다.

"맞아. 첫 판부터 잘못 걸렸어. 난 재수가 없나 봐. 흐흐흐."

자조적인 모습으로 더 거칠게 뒷머리를 긁어대는 편무결.

흐트러진 그를 보고 있던 외수가 물었다.

"대단한 상대요?"

"응? 대단한 상대냐고?"

지저분하게 뒷머리를 긁어대던 편무결이 어이없단 듯 쳐다보며 주절댔다.

"말이라고 해? 무당파잖아! 아니, 무당파뿐 아니라 화산파, 점창파, 청성파 등등 구대문파 인간들은 하나같이 다 엄청나다고. 괜히 대문파겠어? 우승자가 거의 매번 그들 중에서 나오는 데는 다 이유가 있는 거야. 오늘 자네와 대전하게 될 화산파 백도헌도 우습게 볼 상대가 아냐. 지난 대회 우승자에다 화산파가 애지중지하는 최고의 기재라니까."

편무결이 다소 과장된 몸짓까지 동원해 열변을 토하자 외수가 픽 웃었다.

"왠지 엄살 같아 보이는구려. 그렇게까지 정색을 하니."

"아, 이 친구 정말 무서운 걸 모르는군. 저길 봐! 줄줄이 따라온 각파의 존장들! 저들이 왜 여기 있겠어. 비록 후기지수 대회지만 저들에겐 각자의 자존심이 걸린 일이라고. 겉으로 웃고 평온한 척해도 자기 제자들이 다른 문파 제자에게 지는 걸 절대 못 보지. 특히 우리 같은 지역 무가의 자손들에게는 더더욱!"

"……."

다시 뒷머리를 긁는 무결.

"더구나 난 착실히 무공 수련을 한 게 아니라 딴짓만 하다가 왔는데."

"딴짓은 왜 한 거요?"

"그, 그건 그냥 게을러서. 뭐, 어쨌든 난 상관없어. 가연이의 환심을 사려는 몇몇 후기지수들이 억지로 끌어들여 참가하게 된 것뿐이고, 또 비무를 통해 명성을 얻을 생각 따위도 없으니까. 아마 첫 시합이 끝나면 아무도 날 기억하지 못할 거야."

편무결은 전혀 상관없는 사람처럼 비무대를 향해 실실 웃기만 했다.

하지만 반전이 기다리고 있었다.

차질 없이 진행된 비무는 하나둘 승자가 가려지고 정오가 가까워졌을 때쯤 드디어 편무결의 순서가 왔다.

그런데 숙취로 인해 흐물거리던 그가 자신의 시간이 가까워지자 조금씩 본래의 기색을 되찾더니 무대에 등장할 땐 누구보다도 말짱한 모습이었다.

그리고 시작된 무당파 제자와의 비무. 사람들의 탄성이 쉼 없이 이어질 만큼 두 사람은 서로 눈부신 무위를 쏟아내기 시작했고, 꽤 오랜 시간이 소요된 비무는 편무결 자신이 했던 말과는 달리 그의 승리로 끝이 났다.

멋지고 화려했던 격돌. 무당파 제자를 꺾은 편씨무가의 청년. 사람들의 환호가 여느 때보다도 크게 들렸다.

시시와 외수는 어이가 없어 입만 벌리고 있었다.

비무대를 내려온 편무결은 다시 능청스런 모습으로 돌아

가 너스레를 떨었다.

"아하하하, 이건 운이 좋았을 뿐이야. 상대가 약했어. 날 봐준 거라고. 하하하하!"

도끼눈을 한 시시와 외수는 그 말을 받아들이지 않았다.

"우리가 바본 줄 알아요?"

"아냐, 아냐! 다음 상대가 또 무당파 제자라고. 봐!"

편무결이 대전판을 가리켰다. 승자인 그의 이름이 올라가는 목패 옆에 청연이란 이름이 먼저 걸려 있었다.

"봤지? 어차피 다음 상대가 자기 사형이니까 스스로 그와의 승부를 피한 거라고."

그렇게 갖다 붙이니 시시와 외수는 반박할 수 없었다.

"무공 이름이 뭐요?"

"왜? 봐줄 만했나? 이름 특별히 없어. 그저 집안의 검법이지. 아버지가 만든."

"연결 초식이 많아 보이던데?"

"맞아. 백서른 개가 넘는 연결식이 있지. 난 다 익히지도 못했지만. 흐흣, 원래 그런 거야. 이것저것 조합해 만든 검법이 다 그렇지 뭐."

자조적 웃음의 편무결.

외수가 고개를 저었다.

"아니오. 솔직히 감탄했소. 굉장히 실전적인 형태의 검법이란 느낌이었소."

"크큭, 실전적이긴 하지. 하지만 반대로 깊이가 없단 뜻이기도 하고."

씁쓸한 미소.

외수는 더 말을 건네지는 않았다.

*　　*　　*

점심 휴식 후 오후 일정은 승자 간 대진이었다. 팔십 명의 참가자 숫자가 절반으로 줄었고 다시 앞 순번부터 비무가 시작되었다.

다른 것은 없었다. 이긴 자의 환호. 패한 자들의 낙심. 엇갈린 표정들만 흩어질 뿐이었다.

외수도 점차 대회에 적응해 나갔다. 한 번씩은 다 본 자들. 제법 익숙해지고 있었다.

외수의 비무 시간이 다가올수록 시시는 자꾸 화산파 백도헌 쪽을 돌아보았다. 오히려 긴장하고 있는 건 그녀였다.

"화산파 백도헌! 극월세가 궁외수!"

이윽고 호명이 이루어지자 시시는 자기도 모르게 외수를 따라 벌떡 일어났다.

"공자님! 힘내세요!"

외수가 씩 웃곤 비무대 계단을 향해 걸어갔다.

편무결이 시시를 위로하듯 한마디 거들었다.

"후훗, 역시 냉소적인 친구야."

"무결 공자님, 어떻게 될까요?"

두 손을 꼭 모아 쥔 애타는 모습.

"글쎄? 누가 이기든 쉽게 끝나진 않을 것 같군. 백도헌에게
달렸다고 봐. 그가 냉정함을 유지한 채 승부한다면 그에게 점
수를 주고 싶고, 그게 아니라 감정이 앞선다면 궁외수에게 점
수를 주고 싶군."

"무슨 뜻이죠? 쉽게 설명해 주세요."

"음, 백도헌은 오랜 수련을 거친 경험 많고 노련한 자야.
나이 차이도 있고. 그가 냉정하게 승부에만 집중한다면 이기
기 쉽지 않아. 한데 그의 단점은 삐딱한 성격이지. 외수에 대
한 감정을 가지고 있고 그것을 조절하지 못한다면 지난 대회
같은 영광은 얻을 수 없을 거야. 그에 반해 궁외수 저 친군 지
독히도 냉철하거든."

무결의 말에 시시뿐 아니라 반야와 나란히 앉은 미기도 비
무대로 오르는 백도헌에게로 눈을 주었다.

매화 문양이 수놓아진 화산파 복장. 입가에 잔잔한 미소까
지 띤 그는 제법 느긋하고 자신만만해 보였다.

결국 무대 위에서 마주 선 두 사람.

"후후훗, 이렇게 빨리 기회가 찾아오는군."

백도헌의 비웃음에 외수가 냉랭히 받아쳤다.

"즐겁소?"

"즐겁지 않고. 응어리를 풀 시간인데."

"고작 비무일 뿐인데 그걸로 가능하겠소?"

"후훗, 비무일 뿐이지만 진검을 들고 하는 비무지. 불상사란 언제든지 일어날 수 있는 법이니까!"

"그렇군!"

쓰르릉.

외수가 먼저 장포를 걷고 칼을 뽑아 들었다.

백도헌도 유유히 검을 뽑아 외수를 겨누었다.

"자, 시작해 볼까!"

자신을 향한 검. 외수는 검끝에 서린 살기를 보았다. 첫 비무를 했던 팽소민의 칼과는 확연히 다른 느낌이 있었다.

첫 만남이었던 객잔 앞 싸움에서 그의 검법에 목이 날아갈 뻔했던 아찔한 순간이 떠올랐다. 그러자 차갑던 피가 뜨겁게 데워지는 느낌이었다.

힘이 들어가는 칼자루. 외수도 자세를 잡았다. 파천대구식의 광무난파 자세였다.

백도헌의 비웃음이 다시 길게 흘렀다.

'뭐하자는 거냐? 팔방풍우 따위로 또 내 검을 상대하겠다는 것이냐?'

속으론 그렇게 외치면서도 백도헌은 경각심을 잃지 않았다.

객잔 앞 첫 싸움에서도 그랬고 지난번 살기를 느꼈을 때도 결코 업신여길 인간이 아님을 아는 까닭이다.

또한 팽소민과의 비무를 지켜본 바, 다른 무언가 숨긴 것이 있는 것처럼 기세에선 절대 밀리지 않는 놈.

장내엔 정적이 돌았다.

단상의 남궁산이 낭왕에게 비스듬히 몸을 기울여 속삭였다.

"염 선배, 어떻습니까? 이번에 일이 터질 수도 있지 않겠습니까?"

"……."

뚫어지게 무대 위를 응시하는 낭왕. 대답은 구대통이 했다.

"저놈이 지난 대회 우승한 놈이라고?"

"그렇습니다."

"흠, 그럴 수도 있겠군. 저 녀석, 놈에게 감정을 가지고 있어!"

"그런 것 같더군요. 듣자 하니 오는 길에 한 번 부딪힌 적이 있다는 것 같습니다."

고개를 주억대는 구대통.

"그래, 그럴 수도 있겠어. 충분히 자극할 만해!"

낭왕을 비롯한 무림삼성의 시선이 무섭게 무대 위로 집중했다.

휘익!

외수와 백도헌이 동시에 움직였다.

카카캉!

바로 불꽃이 튀는 한 치의 물러섬이 없는 격돌. 마치 거센 돌풍과 예리한 뇌전이 서로 뒤엉키는 것 같았다.

궁외수는 팔방으로 칼을 휘둘렀고, 백도헌은 내리치는 뇌전처럼 검을 내리꽂았다.

환호성 따위는 들리지 않았다. 모두가 손에 땀을 쥐고 주시하는 장면. 화산파 백도헌이란 이름, 그리고 극월세가 가주의 정혼자라는 신분. 모두를 숨죽이게 만들기엔 충분했다.

'뭐냐, 이놈!'

백도헌은 조금 당혹스러웠다. 전혀 다른 놈을 상대하는 것 같았다. 자신이 목을 날릴 뻔하고 땅바닥을 구르게 했던 그놈이 아니었다. 거칠고 엉성하기만 했던 그놈이 아니었다.

'어떻게 된 거지? 그 사이 발전했단 말인가?'

공격하는 칼날도 받아치는 칼날도 이전보다 훨씬 날카로웠다. 변하지 않은 것이 있다면 분명 같은 사람이란 것뿐. 거기다 마치 자신의 검로를 다 알고 있는 것처럼 정확하게 맥을 짚어왔다.

'어떻게 된 거야? 왜 이래?'

싸움이 더 격렬해졌다. 백도헌 입장에선 비등하게 싸우는 것조차 용납할 수 없었기 때문이다.

전력을 다하면 놈의 기세쯤은 너끈히 가지고 놀 것이라 판단하고 있었던 백도헌이었다.

하지만 빗나가고 있는 예측. 이런 모습을 보이고 싶지 않았다. 화산파 최고의 후기지수로서, 지난 대회 우승자로서 압도적인 모습을 모두에게 보이고 싶었다.

백도헌은 이를 악물고 공력을 최고 상태로 끌어올렸다. 그리곤 즉시 매영만천, 칠매쟁수, 향만천지 등 화려한 매화검공 초식들을 퍼부어갔다.

캉! 카아앙!

'그렇지!'

백도헌은 궁외수가 밀려가고 자신이 우위를 점한 듯하자 득의에 찼다. 하지만 밀리면서도 번들거리는 궁외수의 눈빛은 보지 못했다.

'대단하군. 초식들이 점점 날카로워져! 대단한 검공이야!'

외수는 다양한 변화를 일으키는 백도헌의 검법에 감탄했다. 비록 허식이 많다곤 해도 화려한 변화 속에서 문득문득 튀어나오는 매서운 위력은 가슴을 섬뜩하게 만들었다.

충분히 유린한 다음에 끝장을 보려던 백도헌은 생각을 바꾸고 있었다. 틈을 주면 어떤 몸부림으로 대항해 올지 알 수 없는 놈이란 생각이 엄습했기 때문이다.

외수도 급해졌다. 제한된 공간 비무대. 밀리기만 해선 아차 하는 순간에 당할 수도 있어서였다.

밀려가던 외수가 비무대 끝자락에 이르러서야 방향 전환을 시도했다.

그러나 백도헌의 검이 틈을 주지 않으려 했다.

"어딜!"

슈육!

빠져나가려는 방향을 귀신같이 찔러 들어오는 백도헌의 검. 반대쪽도 마찬가지였다. 백도헌의 검과 운신이 더 빨랐다.

표홀하기 그지없는 백도헌의 두 발이었다. 그는 마치 공중에서 운신하는 것 같았다.

외수가 더욱 곤란함을 느낄 때.

"놈! 끝이다!"

백도헌의 짧은 음성에 살기가 실렸다.

정확히 목과 가슴을 노리고 파고드는 검. 그건 분명 독수였다. 제압이 아닌 살의를 가진 독수.

그 순간 외수는 바짝 자세를 낮춰 백도헌의 다리를 공격함과 동시에 거칠게 앞으로 굴렀다.

"어엇, 이놈이?"

놀라 펄쩍 뛰어오르는 백도헌.

세차게 바닥을 구른 외수는 비무대 중앙에서 튕겨지듯 발딱 일어섰다.

어이가 없는지 돌아선 백도헌은 공격할 생각도 못하고 멍하니 쳐다보고 있었다.

"그렇군. 나려타곤! 그 재주가 있었지. 땅바닥을 뒹구는 그 기술 말이야. 비겁한 놈! 수치를 모르는 창피한 놈!"

백도헌이 마음껏 비웃었으나 그는 모르고 있었다. 만약 흙바닥이었다면 외수는 구르면서 흙까지 한 줌 움켜쥐고 일어나 눈을 향해 뿌렸을 것이라는 것을. 무공도 비무도 싸움의 한가지일 뿐이라고 생각하는 외수였으니.

덤덤한 표정의 외수. 오히려 자세를 추스르기만 했다.

그 모습에 사람들이 웅성거렸다. 처음 보는 광경이었기 때문이다. 이런 경우가 없었다. 차라리 패배를 떠안으면 떠안았지 땅바닥을 구르는 굴욕까지 감내하며 승부를 이어가는 후기지수는 생각지도 못한 일이었다. 더구나 극월세가 편가연가주와 혼인까지 예정된 정혼자가.

사람들의 웅성거림과 반대로 단상의 무림삼성은 태연했다. 그들에겐 전혀 놀랍지 않은 일이기 때문이다.

"음, 저래선 안 되는데. 전혀 기미가 안 보이잖아."

눈살을 찌푸린 구대통의 읊조림.

무양도 궁외수에게 눈을 붙여둔 채 같이 뇌까렸다.

"우리가 간과한 것이 있는 듯하군."

그의 말에 구대통과 명원이 같이 돌아보았다.

"간과한 것이라니?"

"저놈의 성장 속도 말이야. 성장하는 만큼 영마의 기운을 드러낼 가능성이 낮아지는 것 같아. 너무 여유로워. 저 정도 자극으론 어림없겠어. 좀 더 강한 자극으로 놈을 몰아붙여야 해! 충분히 위협을 느낄 만큼!"

검왕 남궁산이 반문했다.

"몰리고 있었잖습니까? 방금도 곤란한 지경 같았는데? 바닥도 구르고……."

"틀렸어! 몰린 게 아니야. 놈은 저 화산파 제자의 검법을 익히고 있었던 거야!"

"익혀요?"

"그래. 눈에 집어넣는 거지! 말했잖느냐. 한 번 본 것을 기억하고 따라할 수 있는 괴물이라고. 지금 놈에겐 모든 것이 신세계야. 보는 것마다 메마른 논바닥이 물 빨아들이는 것처럼 빨아들이는 중이야. 정말 끔찍한 재능이야."

"그럼 누군가 저 아이를 가르친다면 영마의 본질을 드러내지 않을 수도 있단 말이군요."

"뭐?"

무림삼성이 동시에 동그란 눈을 하고 남궁산을 돌아보았다.

세 사람의 눈길에도 남궁산은 전혀 동요치 않고 능청스럽게 대답했다.

"방금 무양 어르신의 말대로라면 그렇지 않습니까. 성장하는 만큼 영마의 모습을 보일 가능성이 낮아진다면서요. 누군가 저 아이에게 스승이 되어 상승무공을 가르친다면 금방 절정에 이를 테고, 또 언젠가는 누구도 상대할 수 없는 엄청난 고수가 되겠지요. 그러면 영마의 본질을 드러내지 않을 수 있는 것 아닙니까?"

검왕의 논리에 낭왕도 주목했다.

하지만 구대통이 한마디로 정리했다.

"딱 한 번 눈이 뒤집히면?"

"……?"

"네 말대로 초극의 고수가 되었는데, 단 한 번의 자극으로 딱 한 번 눈이 뒤집혀 살의를 일으키면 어떻게 감당할 건데? 그 재앙을 네가 막을래?"

검왕이 시무룩하게 바로 꼬리를 내렸다.

"그, 그렇군요. 제가 위험한 생각을 했습니다. 생각이 짧았습니다. 죄송……."

"흥!"

다시 비무대로 눈을 돌려버리는 무림삼성.

하지만 낭왕만은 시선을 돌리지 않고 남궁산을 물끄러미 보고 있었다.

비무대 위 백도헌은 괜히 약이 올랐다. 상대에게 창피를 맛보게 했지만 어쨌든 자신의 공세를 빠져나가 버린 탓에 왠지 당한 느낌이 들었기 때문이다.

"어디 다시 한 번 굴러 보아라, 이놈!"

백도헌의 독수가 다시 맹렬히 뻗어졌다.

그러나 외수는 더 이상 몰릴 생각이 없었다.

카앙!

거친 굉음.

광무난파에 이어 건곤벽파를 쏟아내는 외수의 칼.

서로가 한 치도 물러서지 않는 불꽃 튀는 접전이 이어졌다.

사람들은 바닥을 굴러 겨우 승부를 이어간 궁외수가 질 것이라고 생각했다. 하지만 새로이 시작된 접전은 그 판단들을 한꺼번에 허물어뜨렸다.

막상막하. 정말 승부를 예측할 수 없는 치열한 격돌. 비무가 아니라 외나무다리 위에 선 원수 간의 혈투 같았다.

카캉! 캉캉! 캉캉캉캉!

맹렬한 격돌이 이어져 가고 있을 때 비무대 아래에서 목을 빼고 올려다보는 시시는 속이 타들어가고 있었다.

그건 단상에 있는 편가연도 마찬가지였고, 미기 옆에 앉은 반야도 마찬가지였다.

"어떻게, 어떻게 되어가고 있어요?"

반야의 물음에 미기가 퉁명스럽게 대답했다.

"뭐가 어떻게 돼? 그냥 치고받고 난리 떠는 중이지."

"다치진 않았나요?"

"누구? 궁외수?"

미기는 빤히 알면서도 일부러 되물었다.

"네."

"괜찮아. 서로 옷자락과 장포가 베인 정도야."

"아아!"

애달파하는 반야. 그러는 이유가 보이지 않아서인지 궁외수에 대한 걱정 때문인지 확인할 순 없었지만 미기는 궁외수를 걱정하는 마음 때문이라고 확신했다. 퉁명스럽게 굴었지만 자신도 팔짱을 낀 두 손에 땀이 쥐어지고 있었기 때문이었다.

무대 위 굉음은 더욱 커지고 빨라졌다. 그럴수록 사람들의 숨소리도 잦아졌다. 오로지 승패를 확인하기 위해 눈만 번들거리고 있을 뿐이었다.

第五章

그놈이 아니잖아

세상엔 두 종류의 사람이 있지.
그와 그 외의 인간들.
그놈이 과연 인간 축에 드는지 모르겠지만.

—구대통이 선경에 들기 직전 남긴 말

멀리 남궁세가가 내려다보이는 뒷산 가파른 언덕.

듬성듬성 솟은 소나무 사이에 주둥이 허연 나귀를 풀어놓은 노인이 비탈진 흙바닥에 아무렇게나 주저앉아 남궁세가 안 연무장을 뚫어지게 응시하고 있었다.

그런데 보이는 것일까? 일반인이 보기엔 너무도 먼 거리여서 까마득하기만 한데, 그는 조금의 흐트러짐도 없이 사람들이 바글바글한 비무대를 응시하고 있었다.

그런데 아무도 오르지 않을 것 같은 그 뒷산 높은 곳에 다른 인영들이 모습을 나타냈다.

"뇌천!"

갑자기 들려온 누군가의 목소리에 한창 접전 중인 비무에 집중해 있던 노인이 놀란 것처럼 몸을 움찔했다.

곧바로 상대의 정체를 인지한 노인은 쓰디쓴 냉소를 머금고 천천히 일어나 돌아섰다.

길고 늘씬한 체격의 한 사람.

오십 대 중반 즈음으로 보이는 그는 커다란 죽립과 두꺼운 장포를 길게 늘어뜨리고 있었는데, 부드러운 기도 때문에 전체적으로 온화한 인상이었다.

노인은 그의 뒤쪽 거리를 두고 떨어져 있는 세 사내를 보았다. 우물쭈물 눈치만 보는 자들.

노인이 눈에 힘을 주자 그들은 더욱 목과 어깨를 움츠리며 어쩔 줄 몰라 했다.

큰 키의 인물이 다시 은은한 미소를 흘렸다.

"뇌천! 너무도 오랜만이로군. 변체환용이라니… 저들이 아니었으면 못 알아볼 뻔했군."

"미친놈! 분명 내 앞에 나타나는 놈은 목을 칠 것이라고 경고했거늘, 내 말을 무시해?"

쓰릉. 쉬이이이.

노인이 손을 뻗자 나귀 등짐에 걸려 있던 검이 뽑혀 날아와 그의 손에 쥐어졌다.

검이 날아오는 동안 아무 짓도 않고 태연히 검을 따라 고개를 돌리던 인물이 쓸쓸히 웃었다. 어딘지 슬픔도 느껴지는 웃음이었다.

"그래서 내 목도 칠 것인가?"

"왜? 네놈이라고 못 칠 줄 알아?"

"후훗, 이십 년 만에 만난 벗에게 가혹하군."

"그러게 네놈이 여길 왜 와?"

"내가 올 줄 몰랐단 말인가? 자네가 이룩한 모든 공든 탑이 무너질 판인데 어찌 오지 않겠는가. 자네를 찾았단 소식을 받자마자 달려올 수밖에 없었네."

"내가 남긴 것은 아무것도 없어! 기억에서 지워진 일이야!"

"……"

말없이 잠시 응시만 하는 중년인. 그는 멀리 아래쪽 남궁세가로 고개를 돌렸다.

"그렇게 말하게 된 게 저 아이 때문이겠지?"

"……"

이번엔 노인이 입을 닫았다.

"영락없이 빼다 박았군. 자네 젊을 적 모습 그대로야."

중년인이 눈을 거두어 다시 노인을 보았다.

"어색하군. 목을 칠 때 치더라도 본 모습을 보여주게."

우두두둑. 두둑.

노인이 거침없이 신체의 변화를 일으켰다.

"여전하군. 전 마도인의 영웅, 첩혈사왕!"

본 모습을 드러내자 중년인은 감탄해 마지않았다.

"무엇이 그리 급했단 말이냐? 네놈이 예까지 달려오고?"

"풍전등활세. 감당할 수 없어!"

"지랄한다. 그래서 어쩌라고. 여기 오면 뭐가 바뀌어? 난 오래전 떠났고, 어떻게 되든 이제 상관없는 사람인데."

"정말 그리 생각하나? 일월천의 부교주가 아니라 마도의 땅에서 태어난 마도인으로서 그게 가능한가?"

"보여줘?"

후우웅!

늘어뜨린 검이 맹렬한 살기를 뿜었다. 표출된 거대한 강기로 인해 사방 대기에 파장이 일었다.

부스스 떨며 떨어지는 솔잎들.

북천마군 '섭중헌(燮仲憲)'이 강하게 부정했다.

"거짓말!"

싱긋이 웃는 첩혈사왕.

"풋, 너부터 날 잊었군. 내가 어떤 인간이었는지 기억이 안 난다면 보여주지!"

첩혈사왕이 북천마군 뒤쪽의 세 사람에게로 검을 쳐들었다.

기겁한 범태산과 화적룡, 북소천이 동시에 무릎을 꿇고 엎어졌다.

"부, 부교주? 살려주십시오!"

섭중헌이 강하게 말렸다.

"뇌천! 이러긴가? 검을 거두게!"

"어림없는 소리! 내 말을 씹었으니 대가를 치러야지!"

후우웅! 후웅!

급속도로 팽창하는 강기. 금방이라도 날아가 세 사람의 목을 휘어감을 듯 부풀었다.

북천마군 섭중헌이 즉시 꼬리를 내렸다.

"아, 알겠네. 무, 물러가겠네. 검을 거두게."

그는 정말 뒷걸음질을 치며 물러나는 시늉까지 해보였다.

섭중헌을 노려보는 첩혈사왕.

섭중헌은 순간 일어난 이마의 식은땀을 훔치며 고개를 저었다.

"빌어먹을 인간! 이십 년 만에 만났는데 얘기도 못 들어준단 말인가? 알았어. 오늘은 이만 가겠네. 큰 방해를 했던 모양이군. 다시 옴세."

누구보다 첩혈사왕을 잘 아는 북천마군 섭중헌은 바로 등을 돌려 움직였다. 그리고 범태산 등 세 사람도 그를 따라 빠르게 사라져 갔다.

천천히 검을 내리는 첩혈사왕. 그들이 사라져 간 곳을 물끄러미 응시하고 섰다가 힘없이 고개를 떨어뜨려 자신의 검을 내려다보았다.

상념에 빠진 모습. 흔들리는 눈빛이었다.

넋을 잃은 듯 잠시 그대로 섰던 그는 고개를 돌려 남궁세가 비무대를 무섭게 쏘아 보았다.

'괘씸한 놈! 조용히 살 수 있었거늘. 다시는 피 냄새 맡지 않고 조용히⋯⋯.'

*   *   *

열기가 더해지는 비무대.

거친 숨소리가 들렸다.

뜻밖에도 화산파 백도헌의 숨소리였다.

거의 반 시진이나 이어지는 비무. 그는 아직 궁외수를 제압하지 못했다. 아니, 오히려 먼저 지쳐 헐떡대고 있는 중이었다.

백도헌은 지금의 상황을 믿을 수가 없었다. 자신이 밀리고 있다니. 그것도 팔방풍우, 횡소천군, 직도황룡 따위의 하급 무공을 쓰는 놈에게.

다소 보태지긴 했어도 틀림없이 그런 싸구려 조잡한 무공들일 뿐이었다. 그런데 자신의 매화검법이 밀리고 있었다.

수련이 부족한 것도 아니고 내공이 모자란 것도 아니었다. 어처구니없게도 놈의 칼이 어느 순간부터 자신의 검로를 다 막고 있다는 것.

숨이 턱턱 막힐 만큼 정확히 짚어오는 맥. 마구 휘두르는 듯한 칼인데도 자신의 진초와 허초를 정확히 구분했고, 그 속에서 어김없이 맥을 차단해 왔다.

마치 비무 중에도 무위가 상승하고 있는 느낌.

'이럴 수는 없어! 현실이 아니야!'

백도헌은 혼백이 달아난 것 같은 상태에서 현실을 부정했다. 자신이 어떻게 움직이고 있는지 인지하기조차 어려웠다.

발악이라도 해야 했다. 이대로 지는 꼴을 보일 수 없었다.

백도헌은 마지막 힘을 쏟기 위해 이를 악물었다.

그런데 그때! 주 심사관 남궁천의 고함이 귀를 때렸다.

"그만!"

놀란 백도헌이 어리둥절한 상태로 쿵쿵 몇 걸음 뒤로 물러나며 남궁천이 있는 곳을 응시했다.

"극월세가 궁외수, 승!"

쳐들리는 손과 함께 낭랑히 울려 퍼지는 목소리.

사방이 쥐죽은 듯 정적이 흘렀다.

'뭐라고?'

백도헌은 그제야 자신의 상태를 확인했다. 땀에 흠뻑 젖은 몸. 비틀비틀 간신히 버티는 중이었다는 것을.

'아니야! 안 돼! 저딴 놈에게 이렇게 질 수 없어!'

판정이 내려지고 나자 외수는 칼을 거두어 장포 속 도대로 갈무리하고 있었다.

덤덤히 백도헌에게 두 손을 말아 쥐어 보이고 등을 돌리는 외수.

"서, 서라!"

백도헌의 낮은 외침.

외수가 걸음을 멈추고 돌아보았다.

혼이 빠진 듯한 백도헌의 얼굴. 그러나 그의 눈에서 끊어지지 않는 적개심을 느낄 수 있었다.

"끝나지 않았다. 어딜 가느냐?"

"……."

외수는 물끄러미 쳐다보다 무시하고 다시 돌아섰다.

그러나 악에 받친 백도헌의 고함이 그의 신형과 같이 날아들었다.

"이놈, 서라니까!"

슈우욱!

뻗어오는 검.

어쩔 수 없이 빠르게 돌아선 외수는 옆으로 빙글 돌며 돌아가는 동선을 따라 가볍게 주먹을 휘둘렀다.

빡!

둔중한 타격. 백도헌의 뒤통수에 정확히 틀어박힌 주먹이었다.

이미 다리가 풀려 있던 백도헌은 흉한 꼴로 비무대 계단 아래로 굴렀다.

뒤통수를 얻어맞는 순간 의식이 끊어져 버린 백도헌. 그나마 외수가 정권이 아닌 등주먹으로 가볍게 타격했기에 그 정도지, 힘을 다한 주먹이었다면 머리통이 터져 버렸을지도 몰랐다.

숨을 죽인 사람들은 여전히 놀란 눈만 부릅뜨고 있을 뿐 어느 누구도 쉽게 입을 열지 못했다.

지난 대회 우승자의 무참한 패배. 거기다 이어진 비참한 광경은 믿기조차 어려울 정도였다.

극월세가 궁외수의 완승. 사람들은 그가 비무대를 내려가고 남궁세가와 화산파 인물들이 실신한 백도헌에게로 달려와 부축했을 때에야 술렁이기 시작했다.

와아!

뒤늦게 터지는 환호.

외수가 자리로 돌아왔을 때는 시시도, 편무결도 그저 얼굴 가득 놀라움만 담고 있었다.

*　　　*　　　*

"하하하, 정말 괴물이야! 연아, 너도 놀랐지?"

일정이 모두 끝나고 단상에서 편가연이 내려오자 그때까지도 아무 말 않고 있던 편무결이 갑자기 호들갑스럽게 떠들어댔다.

"화산파의 백도헌을 그렇게 꺾어버리다니 말이야. 정말 굉장하지 않아? 난 비무를 보면서 어쩌면 이 친구가 후일 일대

종사가 될지도 모른단 생각을 했어. 하하하!"

졸지에 머쓱해진 외수.

"웬 법석이요. 반 시진이나 넘게 걸린 비무였고, 나 역시 이렇게 혼쭐이 났는데."

여기저기 잘리고 베인 소맷자락과 장포를 외수가 보란 듯 들춰보였다.

하지만 무결은 무시하며 면상을 들이밀었다.

"이봐! 어떻게 그럴 수 있지? 비무 중에도 무위가 발전하는 느낌이었는데 말이야. 어떻게 그게 가능해?"

"상대가 지쳐 갔을 뿐이오."

"어이, 어이! 날 뭘로 보는 거야? 힘이 빠진 것과 제압당하는 것도 구분 못 한다고 생각하는 거야? 자네는 틀림없이 어느 순간부터인가 매화검법을 제압해 나가고 있었어!"

무결이 계속 추궁을 하듯 하자 편가연이 나섰다.

"오라버니, 그만하세요. 오라버니도 오늘 승리하신 거 축하드려요."

"어? 나? 아니야, 나야말로 운이 좋았을 뿐이지. 하하하! 어쨌든 이렇게 되면 오늘도 어쩔 수 없이 한잔 안 할 수 없는 건가. 하하하하!"

"궁 공자님, 축하드려요."

외수에게 축하를 건네는 편가연을 편무결이 놀렸다.

"어라? 너 지금 얼굴 붉어진 거냐? 그렇게 좋아?"

"오라버니?"

외수의 눈치를 보는 편가연. 정말 좋았던 것인지 발그레 상기된 그녀의 혈색이었다.

수줍어하고 부끄러워하는 모습. 그녀에게선 처음 보는 모습이었다.

"자, 오늘은 어디서 축하주를 마실까?"

"핑계가 더 좋군요."

"왜? 싫어? 어차피 식사는 해야 하잖아."

시시가 끼어들었다.

"무결 공자님, 오늘은 그냥 별원에서 축하를 하는 게 좋을 것 같아요."

"왜?"

"내일이 마지막 날이잖아요. 이제 스무 명 정도밖에 남지 않았고, 여러 번 비무를 해야 할지도 모르는데."

"그렇군. 그 생각을 못했네. 나야 어찌될지 알 수 없지만 이 친구는 많이 싸워야 할지도 모르니. 하하하!"

다시 외수를 보며 능청을 떠는 편무결.

"흐흐흐, 어때? 세 번 정도만 더 이기면 되는데, 자신 있지?"

시시가 바로 반박하듯 말했다.

"무결 공자님! 그게 아니라 세 번이나 더 싸워야 하는 거죠!"

"응? 이거 뭐야? 내 편은 없는 거야? 온통 이 친구 걱정뿐이네. 하하하!"

그 바람에 시시도 얼굴이 붉어졌다.

"자, 가자구!"

편무결이 별원을 향해 가려 하자 미기를 잡고 선 반야가 작별을 고했다.

"안녕히 가세요. 내일 뵙겠어요."

돌아보는 편무결.

"엉? 오늘도 그냥 가겠다는 거야? 오늘은 웬만하면 같이 가서 놀다가 가지?"

"그, 그게……"

머뭇대는 반야. 미기는 그 이유를 알고 있기에 모른 척했다.

외수가 주저하는 듯한 그녀에게 한마디를 던졌다.

"밥 먹고 가!"

외수의 음성에 얼른 고개를 들어 쳐다보는 반야.

한마디 하지 않을 수 없게 된 편가연도 거들었다.

"그래요. 깊이 인사 나눌 기회도 없었는데 저녁식사라도 같이 해요."

"……"

그러나 반야는 여전히 망설이며 대답을 머금고만 있었다.

외수가 물었다.

"바빠?"

"아, 아니에요."

"그럼 왜 대답을 못하고 망설여?"

"끼어도 될지……?"

"무슨 소리지? 안 될 이유는?"

"아뇨, 아니에요."

당황하며 손까지 내젓는 반야. 그녀는 얼른 편가연을 향해 인사를 했다.

"초대해 주셔서 감사합니다. 그럼 실례를 무릅쓰고 동행하겠어요."

"네……."

유난히 당황하는 반야. 편가연의 유심한 눈길이 그녀에게서 떨어지질 않았다.

멀어져 가는 편가연과 궁외수 일행을 뒤쪽에서 쳐다보고 있는 두 사람. 비무를 지켜본 섬서 편씨무가의 가주 편장우와 편무열이었다.

"어떻게 된 거냐? 네가 겪었다는 놈과 너무 다르지 않느냐."

"그, 그게 저도 이해가 되지 않습니다. 분명 하급 무공조차 제대로 펼치지 못하던 엉성한 놈일 뿐이었는데?"

"그런데 어떻게 화산파 제자를 이겨?"

편장우가 눈살을 찌푸렸다.

"네가 잘못 알았거나 속은 게지."

"그럼 가연이도 저를 속였단 겁니까? 그 아이 앞에서도 자기 입으로 인정했었습니다. 글도 모르고 무공도 모른다고. 그것 때문에 연이는 혼약을 파기하고 쫓아냈었고."

"멍청한 놈! 보고도 뭘 의심해? 다듬어지지 않은 거친 면이 있긴 했어도 화산파의 매화검법을 이겨낼 정도의 무위인데? 네가 당한 게 확실해!"

편장우의 꾸지람에 편무열이 입을 닫았다.

"해괴한 놈이군. 이해가 되지도 않고 속도 알 수 없는."

아들 편무결, 그리고 편가연과 같이 이동하는 궁외수를 눈한 번 떼지 않고 응시하는 편장우. 편무열 역시 뚫어지게 노려보며 이를 갈았다.

＊　　＊　　＊

"어이가 없군. 녀석이 그렇게 발전하다니."

실내를 왔다 갔다 하며 짜증 섞인 푸념을 토해놓는 구대통. 무양, 낭왕 등과 둘러앉은 명원이 걱정스럽게 대꾸했다.

"예상했던 일이잖아요. 두뇌도 육체도 열려 있는 놈인데."

"그래도 너무 빨라! 봤잖아! 매화검법을 파훼해 나가던 것!"

눈치만 보고 있던 남궁산이 황당하단 얼굴로 끼어들었다.

"그게 어떻게 가능하죠? 두뇌도 육체도 열려 있다는 건 무슨 뜻입니까? 혹시 임독이맥이……?"

"맞아! 놈은 생사현관이 뚫려 있었어! 아니, 아예 처음부터 막히지도 않았던 괴물이지!"

"예에?"

구대통의 말에 남궁산이 믿지 못하겠단 듯 뒤집어졌다.

"그, 그게 말이 됩니까? 임독이맥이 어떻게 막히지 않을 수 있습니까?"

"그러니까 괴물이지. 그런 놈이야, 그놈이! 우리가 팔팔 뛰는 이유를 아직도 모르겠어?"

남궁산은 턱을 떨어뜨린 채 말을 잊었다.

"내일 나올 녀석들 중에 쓸 만한 놈은 있는 거야?"

"직접 보셨지 않습니까. 그런 거라면 저보다야 세 분께서 더 잘 아실 테죠. 어쨌든 두 번씩이나 이기고 올라온 아이들이니 만만치는 않을 겁니다."

"여자아이도 하나 있는 것 같던데?"

"예. 주산군도(舟山群島) 해남검문(海南劍門)에서 올라온 아이더군요. 왜요? 그 아이가 가능성이 있어보였습니까?"

"음……"

구대통이 대답 없이 궁리하는 기색만 보였다.

하지만 남궁산도 알고 있었다. 눈에 띄는 몇몇 후기지수 중

에서도 특히 발군의 무위를 선보였었고, 투지 또한 무척 인상
적인 아이였단 것을.

남궁산은 눈치를 보며 슬그머니 떠보았다.

"내일 첫판을 이긴다면 두 번째 비무에서 마주치게 될 겁
니다. '초여선(超呂鮮)'이란 아이인데 해남검문에서 작심하
고 가르친 모양입니다. 해남검문의 매서운 검공을 그처럼 잘
소화하고 있는 걸 보면!"

"그래, 해남검문의 검이 맵고 까다롭긴 하지."

"거기다 의욕도 있어 보이고. 품고 있는 각오가 투지로 나
타나더군요."

"그 다음이 네 아들이지?"

"그거야 뭐, 서로 계속 올라온다면……."

남궁산은 이야기가 다시 자신의 아들까지 이어지자 달갑
지 않은 얼굴을 했다. 어떻게든 이 일에 엮이고 싶지 않은 게
솔직한 그의 심정이었다.

"어쨌든 내일은 사달이 나겠지. 적어도 네 아들은 이기긴
쉽지 않을 테니. 그리고……."

"제 아들놈을 높이 쳐주시는 건 좋지만, 그럼에도 만약 아
무 일도 일어나지 않는다면 어떡합니까? 그 아이가 정말 영마
인 것은 확실합니까?"

구대통과 명원신니, 무양진인이 어이없단 듯 동시에 쏘아
보았다. 무슨 개소리냔 얼굴들.

"아니 뭐, 매우 강력한 영마라는데 제 눈이 잘못된 건지 그 기운도 보이지 않고, 또……."

"우리가 눌러놓았다고 하지 않았느냐!"

"아무리 그래도 너무 멀쩡하지 않습니까. 지금까지 조금의 기미조차 보이지 않으니. 혹시 스스로 통제하고 있는 건 아닌 지……?"

남궁산은 눈치를 보면서도 당차게 할 말은 다하고 있었다.

"그 정도 능력은 안 돼!"

"그렇다면 어떻게?"

구대통도 확답을 할 수 없는지 뚱한 표정을 했다. 대신 무양이 입을 열었다.

"아마도 녀석에게 영마기를 억제하는 어떤 매개체가 있는 듯하다."

"엉?"

오히려 구대통이 놀라며 돌아보았다.

"녀석의 기운에 상호작용을 하는 물건 같은 것 말이다. 가령 정반대의 기운을 가진 보옥이라든지 도검 따위!"

그럴 수도 있겠다는 듯 고개를 끄덕이는 구대통.

"맞아. 그렇지 않곤 이토록 오래 영마기가 눌러져 있을 리가 없지. 더구나 오는 길에 이미 한 번 폭발했던 녀석이잖아?"

"그렇지. 영묘한 기운의 신물을 가졌거나, 아니면 사람일

수도 있겠어!"

"사람이요?"

다시 끼어든 남궁산.

무양이 대답했다.

"그래. 정반대의 기운을 가진 사람이 옆에 있어서 영향을 미치는 것일 수도 있지. 헌재 저처럼 자연스럽게 내재되어 있는 것을 보면!"

"그게 누굴까요? 혼약을 했다는 극월세가 편가연 가주일까요?"

"……."

무양도 구대통도 대답을 못하고 입을 꾹 다문 채 힘을 준 눈알만 열심히 굴렸다.

남궁산이 다시 한 번 무림삼성이 자극받을 말을 무심코 했다.

"어쨌든 그렇다면 그야말로 천생연분인 셈이군요."

"뭐?"

즉각 반응하는 삼성.

이번엔 남궁산이 당당했다.

"왜 그런 눈들을 하고 보십니까? 영마인 그 아이 입장에서야 그렇지 않습니까. 무슨 이유든 영마기가 제어된다면 그 녀석 입장에서야 좋은 일 아닙니까. 당장 죽지는 않을 테니 말이죠. 아! 그렇게 되면 삼성 어르신들께서도 평생 그 아이를 쫓아다녀야 하는 겁니까?"

구겨지는 인상의 무림삼성.

능글능글 남궁산. 그는 속으로 실소가 터져 나오는 걸 억지로 참고 있었다.

구대통이 일갈을 쏘아붙였다.

"설령 그런 매개물이 있어서 영향을 미친다고 해도 미미한 영향일 뿐, 기운이 다스려지는 것은 아니다."

"그렇기야 하겠죠. 하지만 미미한지 어떻게 압니까. 지금 표도 안 날 정도인 걸 보면 오히려 꽤 영향을 주고 있는 것 같은데. 크큭!"

거침이 없는 남궁산. 그는 결국 고소해 죽겠다는 듯 삐져나온 웃음까지 흘리고 말았다.

"혹시……?"

"또 뭐?"

"혹시 내일 아무 일도 일어나지 않는데 손을 쓰시는 건 아니겠죠?"

"……?"

"하긴 멀쩡한 청년 하나를 이유도 없이 죽인 꼴이 되니 그럴 리는 없겠군요. 극월세가 편 가주의 혼약자에다 대회 우승까지 한 후라면 더더욱! 흐흐훗!"

느물대는 남궁산의 말에 기어이 구대통이 뒤집혔다.

"그 웃음의 의미가 뭐냐? 그리 되었으면 좋겠다는 뜻이냐?"

이까지 드륵드륵 갈아대는 구대통.

"아니, 아니오. 아닙니다! 제가 어찌!"

과장된 동작으로 황급히 두 손을 내젓는 남궁산이었으나 입가에 붙은 미소는 쉽게 떨어지질 않았다. 그 바람에 구대통의 서슬은 더 시퍼레졌다.

그때 잠자코 있던 낭왕 염치우가 슬그머니 자리를 털고 일어났다.

"잉? 어딜 가는 게냐?"

"……."

낭왕은 구대통의 물음에도 일언반구 않고 묵묵히 문을 열고 밖으로 나가 버렸다.

"뭐야, 저 녀석? 왜 저렇게 심사가 뒤틀려 있어?"

"미기와 반야가 돌아오지 않았잖아요. 계속 문 쪽만 보고 있었어요."

명원의 대답.

"왜 신경을 써? 어차피 세가 안에서 놀 텐데."

"그래도 여기 오고 나서 줄곧 떨어져 있었잖아요. 신경이 쓰이겠죠."

보고 있던 남궁산이 다시 묻고 나섰다.

"어르신! 그런데 묘하군요. 두 아이가 계속 궁외수와 같이 있던데 그건 어떻게 된 일입니까? 서로 알고 지내는 사이였습니까?"

"그냥 여기 오기 전에 잠깐 스친 안면일 뿐이야."

"단순히 그런 사이 같진 않던데요? 꽤나 가깝게 어울리는 것 같던데?"

남궁산이 수상하단 듯 고개를 갸웃거리며 궁금해하자 구대통이 버럭 성질을 부렸다.

"그래서 뭐? 어쩌라고? 젊은 애들이 철없이 같이 있을 수도 있는 거지."

"어라? 왜 화를 내십니까? 점점 더 이상합니다. 전 그저 깊은 관계라도 되면 어쩌나 걱정이 되어서 한 말일 뿐인데, 혹시 진짜 다른 뭔가 있는 것 아닙니까?"

"없어! 없어! 시끄럽고, 너도 어서 가서 내일 출전하는 아들 녀석 준비나 단단히 시켜!"

"거참, 알겠습니다."

입을 툭 내민 남궁산이 불만을 온몸으로 표시하며 못 이기는 척 밖으로 향했다.

"꿍!"

구대통은 남궁산마저 나가고 난 후 제풀에 화만 토했다.

"빌어먹을!"

*　　　*　　　*

낭왕 염치우의 걸음은 극월세가 편가연을 비롯한 오대부

호가 머물고 있는 별원으로 향했다. 성큼성큼 크고 거친 걸음.

그가 나타나자 별원을 호위하던 남궁세가 무인들이 혼비백산했다.

"낭왕 대협?"

"보성염가 염설희 가주의 거처가 어딘가?"

거구의 덩치, 인상, 그리고 그가 지닌 위상과 위엄. 그를 처음 대한 경계무사들은 기가 꽉 죽었다.

"염설희 가주요? 저, 저쪽입니다만?"

이렇다 저렇다 말도 없이 대뜸 움직여 가는 낭왕.

그가 왜 별원을, 그것도 보성염가 염설희 가주의 거처를 방문하는 것인지 알 리 없는 경계조의 우두머리가 즉시 따라붙었다.

"제, 제가 안내하겠습니다."

그러거나 말거나 낭왕은 빠른 걸음만 옮겨갔다.

낭왕은 손녀 반야를 찾아가는 중이었다. 어제도 같이 있었으니 오늘도 당연히 그녀와 있을 것이라 여긴 것이다.

하지만 바쁘게 걸음을 옮겨가던 중에 한쪽에서 들려온 웃음소리에 그는 움찔 멈추어야만 했다.

"하하하하! 반야, 정말 그래도 돼?"

잘못 듣지 않았다. 틀림없이 누군가 입에서 튀어나온 손녀의 이름.

그가 갑자기 멈추어 서자 따라온 무인이 의아해하며 물었
다.

"왜 그러십니까?"

낭왕은 대꾸 않고 소리가 들려온 곳으로 성큼성큼 다가갔
다.

"그, 그쪽은 극월세가 일행이 묵고 있는 곳입니다만?"

열린 창을 통해 실내 풍경이 눈에 들어왔다. 크고 둥근 식
탁에 서로 마주보며 둘러앉은 자들. 그중 희멀겋게 생긴 놈
하나가 계속 반야에게 헤픈 웃음을 흘리고 있었다.

"하하, 고마워! 나도 여동생처럼 편하게 대할 수 있어서 좋
아! 그런 의미에서 이번엔 내 술도 한 잔 받아!"

'뭐, 술? 저놈이?'

낭왕의 눈매가 사납게 휘말려 올라갔다.

'뭐 하는 것이지?'

궁외수도 보였고 편가연과 영령공주 주미기도 보였다. 식
사를 겸한 술판을 벌이는 자리인 듯한데, 어째서 반야가 저곳
에 끼어 앉아 있는 것인지 알 수 없었다.

'감히 내 손녀에게 술을!'

낭왕은 당장 뛰어 들어가 술판을 뒤엎어 버릴 것처럼 노기
를 일으키다 다시 충격을 받고 주춤했다.

'엉?'

손녀 반야의 모습. 수줍게 홍조를 띠고 술잔을 들어 내밀고

있지 아니한가.

'저 아이가?'

낭왕은 뻣뻣이 굳은 채 움직이지 못했다. 분명 반야는 맞은 편 사내놈이 따라주는 술을 받고 있었다. 거기다 그게 첫잔 같지 않다는 게 낭왕을 더 어지럽게 했다.

이미 발그레한 얼굴.

그 예상을 확인시켜 주듯 궁외수의 목소리가 이어졌다.

"괜찮겠어? 벌써 석 잔쨀데?"

놀란 낭왕. 처음 보는 모습. 상상해 보지 못한 모습이었다.

반야는 즐거워하고 있었다. 억지로 끼어 있는 게 아니었 다. 수줍게 숨기는 표정에도 그것이 잘 드러나고 있었다.

"음……."

낭왕은 우두커니 선 채 깊은 상념에 신음했다.

같이 있는 놈들이 맘에 드는 놈이든 아니든, 이제 반야는 스스로 또래들과 어울릴 어엿한 성인이라는 것. 자신이 간섭 할 나이를 지났다는 것.

우두커니 멈춰 서서 꼼짝도 하지 않는 낭왕. 따라온 자가 어쩔 줄을 몰라 했다.

"대, 대협?"

"가봐!"

"예?"

"내가 찾는 사람 찾았으니까 가보라고!"

누구 말이라 거역할까. 별원 경계조 우두머리 사내는 누굴 찾았다는 것인지 묻지도 못하고 눈치만 보며 물러났다.

낭왕은 그 후에도 꿈쩍하지 않았다.

＊　　　＊　　　＊

어둠이 제법 무겁게 깔렸을 즈음. 미기와 반야가 편가연의 숙소를 나섰다. 편무결과 궁외수도 함께였다.

외수는 미기와 반야를 데려다 주기 위해 따라나선 것이었고, 편무결은 숙소인 객잔으로 돌아가기 위함이었다.

"그럼, 잘 가! 내일 보자고!"

오늘도 역시 눈도 다리도 풀린 무결이 손을 흔들어 보이고는 정문 방향으로 휘적대며 걸어갔다.

그가 사라지는 걸 지켜보던 외수가 미기를 잡고 조심조심 걷는 반야에게 물었다.

"이봐, 괜찮아? 업어다 줄까?"

"아니에요, 아니에요. 오히려 조금씩 흔들리며 걷는 걸 느껴볼 수 있어서 기분이 아주 좋은걸요. 마치 푹신푹신한 구름 위를 걷는 기분이에요."

정말 즐거운 듯 방긋 웃어 보이는 반야.

하지만 외수는 영 걱정스러웠다. 앞도 안 보이는 사람이 취기에 흔들리는데 어찌 염려되지 않을까.

그놈이 아니잖아 187

"처음 마신 술이었어?"

"호호, 네!"

씩씩하게 돌아보는 반야.

"마실 땐 쓰고 독했는데 지금은 흥겹고 달콤해요."

외수는 빙긋이 웃었다.

"후후, 또 술꾼 하나 나오게 생겼군."

"고마워요. 이런 경험 갖게 해주셔서."

"됐어! 뭐 좋은 경험이라고. 술 때문에 혼나는 거나 아닌지 걱정이군."

"아! 맞다. 할아버지! 어떡하지?"

갑자기 걸음을 멈춘 반야가 미기를 보며 울상을 했다.

"뭐야, 이제 와서 왜 이래? 나도 마셨는데. 그것도 생각 안 하고 마셨단 말이야? 그리고 다 큰 숙녀가 술 좀 마셨기로서니 뭐가 문제라고."

"하지만……."

미기는 아무렇지 않게 말했지만 반야는 처음 있는 일이라 걱정되는 모양이었다.

외수가 말했다.

"그럼 어디 좀 앉았다가 가!"

"그, 그게 좋겠어요."

동의하는 반야.

길 한쪽에는 몇 그루 나무가 심어진 낮은 담장 아래 돌 의자가 있어 미기는 반야를 그리로 이끌었다.

그런데 잠시 같이 앉아 있던 미기가 눈치를 보더니 벌떡 일어서며 소릴 질렀다.

"야, 궁외수! 나 먼저 갈 테니까 네가 반야 데리고 와!"

"뭐? 왜?"

"어머, 공주님? 있다가 같이 가요. 왜 혼자……?"

"됐어! 난 너처럼 혼날 일 없어. 먼저 가서 쉴 테니까 저 멍청이랑 밤공기나 즐기다가 천천히 와!"

대뜸 휑하니 가버리는 미기.

쑥스럽고 난처해진 반야였다.

"죄, 죄송해요, 공자님! 공주님이 갑자기……."

"괜찮아. 어차피 바래다주던 길이었잖아."

반야는 작은 한숨을 내쉬며 다시 자리에 앉았다.

외수도 살짝 취기가 있었다. 팔짱을 낀 채 느긋이 한쪽 옆 나무에 기대어 선 외수.

물끄러미 땅바닥을 응시하는 게 무슨 생각을 하는지 알 수 없었다.

서로 딴청을 피우고 있으니 밤의 정적이 느껴졌다. 멀리 야산의 부엉이 우는 소리가 간간이 들릴 뿐.

반야는 다소곳이 앉은 채 오히려 얼굴이 더 붉어졌다. 외수와 둘만 있다는 생각에 술기운이 더 달아오른 탓이다.

그가 자기를 지켜주고 있다는 생각.

수줍은 듯 고개를 숙이고 있던 반야가 한참 만에 입을 열었
다.

"공자님, 달빛이 비치나 봐요."

"응?"

반야가 달빛을 느껴보려는 듯 손가락을 꼼지락거리고 있
었다.

"그렇군."

반야의 무릎 위에 비쳐든 달빛을 확인한 외수가 고개를 끄
덕였다.

"제게도 비치고 있나요?"

"응. 무릎 위에."

"어떤가요? 아름다운 달빛인가요?"

"달빛이 달빛이지, 뭐."

"선명한가요?"

"……."

외수는 그제야 반야의 마음을 이해했다.

"응. 맑고 고와! 네 손이 빛나."

"아!"

반야는 자꾸 두 손을 조몰락거렸다.

아마도 상상을 하는 듯했다. 외수의 말처럼 달빛이 자신의
손에 붙어 반짝거리는지.

한참 자신의 달빛을 어루만지던 반야가 문득 외수를 돌아

보곤 물었다.

"공자님께도 달빛이 비추나요?"

"그래. 내게도 붙어 있군. 어깨와 목, 그리고 얼굴에도."

"……!"

달빛만큼이나 환한 웃음을 머금는 반야. 하지만 잠시 후 시무룩해졌다.

"왜 갑자기 그런 표정이야?"

머뭇대는 반야 고개를 떨어뜨린 채 중얼댔다.

"볼 수가 없어서 슬퍼요. 공자님도 달빛도."

"……."

"한 번만 볼 수 있었으면……."

슬픔이 낮게 깔리고 있었다. 외수로선 해결할 수 없는 문제였다.

"죄송해요. 제가 또 감상에 젖었네요."

"……."

가만히 고개를 드는 반야.

"공자님은 참 좋은 분이에요. 친절하고 다정다감하고. 덕분에 많은 것을 알게 되었어요. 감사해요."

외수는 묵묵하기만 했다.

잠시의 침묵이 이어진 뒤 반야의 슬픈 목소리가 다시 흘렀다.

"이처럼 같이 있을 수 있는 것도 오늘이 마지막이겠죠? 공자님도 저도 내일이 지나면 떠나야 할 테니까."

"그렇기야 하겠지만 모르는 사이도 아닌데 어디선가 언젠가 또 만나겠지."

외수의 대꾸에 반야가 가만히 고개를 저었다.

"그럴 수가 없어요. 저는… 깊은 산중에 살아요. 다른 사람들은 들어올 수도 없는 곳이에요. 이제 할아버지와 돌아가면 아마 다시 나올 일이 없을 거예요."

"그곳이 어딘데?"

"부오산."

"……."

다시 침묵이 이어졌다. 힘없이 떨어뜨린 반야의 고개만큼이나 무거운 침묵. 가만히 흐르는 달빛만이 반야의 어깨를 쓰다듬고 있었다.

"이제 가야겠어요. 할아버지께서 기다릴 거예요."

반야가 일어섰다.

외수가 다가서자 반야는 가만히 외수의 오른팔을 잡았다.

천천히, 나란히 걷는 동안 반야는 떨어진 고개를 들지 않았다.

두 사람이 떠난 자리.

뒤쪽 달그림자 속에 몸을 숨기고 있던 낭왕이 슬그머니 앞으로 나섰다.

힘주어 노려보는 시선.

그러나 평소의 매서운 그답지 않게 무거운 책임감과 아픔으로 허물어진 눈빛이었다.

第六章

세 번째 비무

뭐, 제 아비보다 더한 놈이라고?

그럼 더 완벽하군. 끌끌끌!

—일월천 교주 섭위후

　대회 마지막 날.

　과연 낭왕이 내건 일원무극신공의 주인이 누가 될 것인지 초미의 관심이 된 비무장.

　"이봐, 누가 우승할 것 같은가?"

　"음, 내 눈엔 무당파의 청연과 검왕의 아들 남궁영의 무위가 돋보이더군. 난 그들 둘 중 한 사람이 우승할 것이라 점치고 있네. 자네는?"

　"맞아. 지금까지 보인 실력대로라면 그들이 가장 유력하지. 하지만 난 극월세가 궁외수 공자를 응원하네. 그가 우승했으면 좋겠어!"

"하하하, 이 사람! 곧 죽어도 극월세가구먼. 좋아, 나도 그 친구를 응원하겠네. 그가 우승해서 자네가 기뻐하는 걸 보고 싶군. 하하하!"

몇 명 남지 않은 비무자. 여기저기서 내기판까지 벌어지고 있는 가운데, 비무대 위엔 여느 때보다 긴장감이 돌았다.

외수는 바뀐 분위기를 느꼈다. 자신을 향해 힐끔힐끔 눈치를 보는 자들.

어제까지만 해도 다소 멸시적이고 적대적이었던 후기지수들의 눈빛이 확연히 꺾여 있었다. 아마도 어제 백도헌을 이긴 여파인 듯했다.

첫 비무부터 부상자가 속출했다. 낭왕의 신공을 향한 집념이 비무에 임한 후기지수들을 한층 치열하게 만들고 있었다.

"백도헌, 그 인간은 안 보이는군."

편무결이 궁금한 듯 주위를 둘러보며 말했다.

"하긴, 어제 그 꼴을 보이고 얼굴 내밀긴 자기도 창피할 테지. 어쩌면 지금쯤 보따리 싸들고 화산으로 도망가고 있을지도 모르겠군. 낄낄낄!"

고소해 죽겠다는 표정의 편무결이었다.

"그나저나 자네도 나만큼이나 골치 아프겠군."

"뭐가 말이오?"

"그녀 말이야!"

편무결이 턱 끝으로 비무대 위의 여인을 가리키며 웃었다.

"나도 우승 후보로 분류되는 무당파 청연 사형을 대적해야 하지만… 후훗! 자네도 만만찮겠어. 어제 봤지? 자네가 백도헌을 꺾었듯이 그녀도 당철영을 꺾었거든. 이미 자네와 그녀가 이번 대회 최대 이변이라고 사람들 입에서 화제야."

지금 비무대 위에서 청성파의 천붕과 싸우고 있는 해남검문의 초여선이란 여인. 외수도 그녀를 주의 깊게 보고 있었다.

긴 목덜미를 시원하게 드러내고 단아하게 올려 묶은 머리에 기다란 두 개의 비녀를 교차해 꽂은 모습이 매우 인상적이었는데, 전체적으로 날카로워 보이는 그녀는 펼쳐 내는 검술 또한 무척이나 아찔한 위력을 보이고 있었다.

"굉장하군. 당철영을 꺾은 게 우연이 아니었어!"

편무결의 감탄.

실제로 그녀는 천붕을 쩔쩔매게 만들었다.

천붕이 분광검법과 회풍무류까지 선보였던 점창과 역비를 꺾은 칠십이파검을 혼신의 힘을 다해 펼치고 있건만, 그녀는 처음부터 반격의 기회조차 주지 않고 일방적으로 우위를 점하고 있었다.

너무도 뚜렷한 무위의 차이. 외수가 물었다.

"해남검문은 어떤 곳입니까?"

"응. 남해 바다 주산군도에 있는 문파인데, 중원무림과는 멀리 떨어져 있는 탓에 알려진 것이 거의 없는 신비문파지.

가끔 아주 뛰어난 여검후(女劍后)들을 등장시키며 세상을 놀라게 했기에 '검각(劍閣)'이란 이름으로 불리기도 해!"

"……."

"여인들이 다스리는 문파라는 설도 있더군. 저 초여선이란 여인도 대검후로서의 자질이 충만해 보여!"

편무결의 설명에 외수는 넓고 넓은 세상임을 다시 한 번 느꼈다. 수없이 많은 문파와 무공들. 그리고 인재들.

"어엇?"

무결이 경호성을 터트렸다. 계속 밀리던 천붕이 몸을 사리지 않는 회심의 반격을 전개했는데, 거기에 해남검문 초여선이 자칫 목숨을 잃을 뻔할 정도로 위험했기 때문이었다.

천붕이 점창파 역비를 제압할 때와 같은 수법이었다.

카앙, 캉캉캉!

가슴팍이 뚫린 뻔한 아슬아슬한 순간. 다행히 초여선이 그 일격을 몸을 돌려 피해내긴 했다.

그러나 부상까지 피하진 못했다.

가슴에서 어깨로 검이 스치며 핏방울이 튀었다.

계속 이어진 검격을 받아치며 물러난 초여선. 뜨겁게 옷을 적시는 핏물을 확인하는 그녀의 얼굴은 창백했다.

"칠십이파검의 저 초식은 정말 살벌하군."

눈살을 찌푸린 편무결의 중얼거림. 그러나 외수는 그의 말에 동의하지 않았다.

"그렇게 보이오? 난 약아빠진 것으로 보이는데?"

"그, 그래?"

편무결이 당황하는 기색을 보였으나 외수는 차가운 시선으로 비무대 위만 응시했다.

낮은 자세로 회심의 일격을 가한 천붕은 신형을 일으키며 엷은 미소까지 띠는 여유를 보였다.

"초 소저, 죄송하게 되었소. 악의가 없었음을 알아주시오."

"……"

노려보는 초여선의 눈매가 더없이 서늘했다.

"부상이 꽤 깊어 보이니 여기서 비무를 중단하고 치료부터 하는 게 좋을 듯하오. 거듭 사과하오."

천붕의 말. 자신이 이겼단 뜻이었다.

초여선은 대꾸하지 않았다. 대신 빠르게 혈도를 두드려 지혈을 시도하곤 허리띠 일부를 풀어 한쪽 끝을 입에 물고 어깨 부상 부위에 둘둘 감아 질끈 싸맸다.

그 모습을 보고 있던 천붕이 심사관석의 남궁천을 돌아보고 두 팔을 벌려 보이며 어떻게 해야 될지 모르겠단 표정을 했다.

그러나 남궁천은 그 어떤 반응도 표시하지 않고 묵묵하기만 했다.

천붕은 실망한 표정이었으나 누구도 그의 의사에 동조하

지 않았다. 한순간 상대를 위태롭게 했다고 해도 초여선은 그에 대응해 잘 빠져나왔고, 또 그 한순간을 제외하곤 지금까지 시종일관 그녀가 우위를 보여 왔던 까닭이다.

또한 부상은 그녀만 당한 것이 아니었다. 천붕 역시 초여선의 검에 스친 자잘한 상처들이 있었는데 오히려 그 당한 수는 천붕 쪽이 더 많았다.

상처를 대충 마무리한 초여선이 차갑게 식은 눈빛으로 말했다.

"천 공자! 매운 손을 가졌군요. 매운 손으로 말하자면 나도 한가락 하는데, 누구 손이 정말 냉정하고 혹독한지 다시 한 번 확인해 볼까요?"

천붕이라고 모를까. 자신이 밀리던 비무였다는 것을.

딱딱하게 표정을 굳히는 천붕. 여인이라면 충분히 비무를 포기할 만한 부상인데도 전혀 개의치 않는 그녀가 신경에 거슬렸다.

하지만 검을 쥔 오른쪽 어깨와 가슴을 다친 이상 어느 정도 동작에 제약이 따를 터. 더 싸운다고 해도 자신이 불리할 것은 없었다.

오히려 지금까지 밀리는 모습을 보였던 것을 만회할 기회로 여겨지기도 했다.

천붕은 검을 고쳐 쥐며 초여선의 부상 부위를 다시 한 번 확인했다. 허리에 둘렀던 비단 천으로 싸매기는 했으나 핏물이 적잖이 배어나고 있었다.

"안타깝구려. 이런 상태로 비무를 이어가야 한다는 것이! 그럼 신비로운 해남 검각의 검공을 다시 한 번 견식하겠소."

천붕이 검을 들어 자세를 취했다.

그러자 초여선이 거침없이 다가섰다. 검을 늘어뜨린 상태로 성큼성큼.

슈우욱!

기다릴 것 같던 천붕이 선제공격을 감행했다. 다가서는 초여선의 기세가 여인답지 않게 사나웠기 때문이다.

카아앙! 휘리릭!

따가운 쇳소리. 그리고 휘도는 초여선의 신형.

선공은 천붕이 했지만 초여선의 움직임이 더 공격적이었다.

캉캉캉캉! 카앙!

이전보다 더 거세게 밀리는 천붕. 움직임에 제약이 있을 것이란 그의 예상은 완전히 빗나가고 있었다. 초여선은 더 위력적이었고 더 거침이 없었다.

스컥! 콱! 카앙! 캉캉!

"후아!"

비무에 눈을 떼지 못하는 편무결이 다시 감탄을 연발했다.

"여자 맞아? 엄청나군."

초여선의 공세는 맹렬함을 넘어 지독함을 느낄 정도였다.

일신이 검과 함께 움직이는 느낌. 검이 꺾이는 대로 몸도 같이 꺾이고 휘돌며 거의 모든 방향을 점유한 채 같이 번뜩였다.

그리고 그 결과를 확인하는 순간은 그리 길지 않았다.

열렬히 터져 나오는 관중의 함성. 쓰러진 천붕의 눈앞에 검을 겨눈 초여선.

천붕은 처참했다. 뒤로 나자빠지듯 손을 짚고 쓰러진 그의 머리칼은 헝클어져 내려왔고, 여기저기 베어진 옷자락 사이로 핏물이 보였다.

두 눈을 부릅뜬 채 믿지 못하겠단 듯 파르르 떨고 있는 천붕. 그에게로 초여선의 여릿한 웃음이 떨어졌다.

"어떤가요? 제가 더 야멸찬 것 같지 않나요?"

"⋯⋯!"

시뻘게진 눈. 깨문 입술. 천붕은 자신의 패배를 인정하기 힘들어 으스러지도록 이를 악문 채 바들바들 떨어대기만 했다.

천천히 검을 거두는 초여선. 그녀가 천붕을 뒤로하고 비무대를 내려서자 대여섯 명의 여인이 그녀를 맞아 호위하듯 감싸고 빠르게 사람들 틈을 이동해 갔다.

치료를 위한 이동일 것은 당연한 것.

보고 있던 편무결이 거듭 감탄하며 중얼댔다.

"대단하군, 대단해! 저런 부상을 입고도 그처럼 싸우다니.

내가 그녀에게 걸리지 않은 게 다행이라 여겨질 정도야. 으흐흐홋!'

몸서리까지 쳐 보이는 편무결.

"어때? 자네도 살 떨리지? 그녀의 종잡을 수 없었던 검법도 지금까지 내가 본 검법 중 가장 까다롭고 난해한 것 같아! 솔직히 이번 부상 때문에 기권했으면 좋겠군. 흐흐흐!'

외수는 대꾸하지 않았다. 그저 초여선이란 여인이 남기고 간 잔상에 빠져 있었다.

잠시 후 그를 호명하는 소리가 들렸다.

"극월세가 궁외수!'

"엇? 그러고 보니 자네 차례였었군.'

그제야 고개를 비무대 쪽으로 돌리는 외수.

"위지세가 위지강!'

외수는 반대편 계단 쪽에서 자신을 보는 시선을 마주했다. 위사들에게 둘러싸인 두 형제. 그들 중 위지강이 웃음기를 머금은 채 눈인사를 하며 비무대 계단을 천천히 오르고 있었다.

외수도 바로 계단을 올랐다.

"하필이면 저 사람이로군요.'

"재밌겠는걸. 대부호 가문 간 대결이라니. 후홋.'

시시의 말에 편무결이 흥미롭단 듯 야릇한 미소를 흘렸다.

오전 햇볕이 찬란히 내리쬐는 비무대. 도대체 대회 참가를 하러 온 것인지 의심스러울 만큼 화려한 위지강의 복장이 비무대 위에서 더 반짝거렸다.

"하하하, 내 운이 여기까지 닿는구려. 이렇게 궁 형을 만나는 순간까지 오게 될 줄이야. 궁 형의 비무를 보며 많은 감명을 받았소. 파천대구식이라 했었죠? 단순한 듯하면서 실전적인 초식들이 과연 경탄스러웠소. 모쪼록 저는 살살 다뤄주시길 바랍니다. 하하하!"

어딘지 의뭉스러운 위지강. 눈빛, 말투, 표정. 위지 형제들은 언제나 그런 느낌이었다.

외수는 상대가 검을 뽑는 것을 보며 같이 칼을 뽑았다. 이젠 군데군데 이가 빠져 형편없는 칼이었지만 싸우는 덴 아무 문제없었다.

모든 시선이 비무대 위 두 사람에 집중되어 있었다. 십대부호에 드는 위지세가와 그들 중에서도 가장 크고 많은 부를 지닌 극월세가의 대결이라는 점이 바짝 흥미를 돋웠다.

금력으로 보자면 십대부호에 턱걸이 한 위지세가가 거대가문 극월세가에 도전하는 형국이지만, 위지세가가 상가이기 이전에 무가라는 점이 관심을 더했다.

외수는 위지강이 자세를 취한 채 가만히 있기만 하자 선공을 위해 먼저 다가갔다. 위지강의 무위와 무공은 그의 앞선 비무를 통해 어느 정도 확인을 했기에 거리낌이 없었다.

휘익! 카앙!

바짝 긴장하고 휘둘러간 칼.

그러나 그뿐이었다. 위지강이 응수를 해오지 않고 흘리듯 받아치며 홀쩍 물러나 버린 것이었다. 그것도 거리를 충분히 두고.

눈을 껌뻑인 외수가 다시 몸을 날려 칼을 휘둘렀다. 그러나 이번에도 마찬가지였다.

카앙, 캉!

받아칠 것 같던 위지강은 슬쩍 검만 내밀어 부딪치곤 풀쩍 뛰어 달아났다.

이후에도 똑같은 일만 벌어졌다. 외수가 공격할 땐 미꾸라지처럼 빠져나가고, 물끄러미 보고 있으면 공격할 것처럼 슬그머니 다가와 몇 번 건드려 놓고선 또다시 달아났다.

"뭐하자는 거요?"

외수가 어이가 없어 칼을 멈추고 물었다.

위지강이 하얀 이를 드러내며 웃었다.

"하하, 궁 형! 무서워서 그러오. 수십의 살수를 혼자 퇴치한 무지막지한 분의 칼 앞에 감히 맞서기가 겁이 나 이렇게라도 궁 형의 무위를 견식하고 싶어 그러는 것이라오."

외수는 기분이 몹시 나빴다. 본심이 아닌 걸 알기에. 비웃는 느낌뿐이었다.

그 같은 웃음은 비무대 아래에서 지켜보는 위지흔도 마찬가지였다. 힘을 빼겠다는 것인지 약을 올려 흥분하도록 만들겠다는 것인지… 이미 작전을 그렇게 세우고 올라온 듯했다.

"하하하, 거기다 궁 형의 운신이 워낙 날쌔고 경쾌한 데다 예측불허의 번뜩이는 초식들까지 확인 터여서 지레 겁을 먹는 것도 있다오. 이해해 주시오. 하하하!"

느물느물 화를 돋우는 웃음. 그러나 외수로선 감내할 수밖에 없었다.

마음먹고 전후좌우 자유자재로 펼치는 신법과 보법.

제한된 공간인 비무대 위에서도 그는 미꾸라지처럼 잘도 빠져나갔다.

자신에겐 없는 능력이었다.

가만히 째려보고만 있자 위지강이 또 슬금슬금 접근했다. 마음 같아서는 와락 붙잡아 다리를 꺾어버리고 싶지만 시도해 봤자 또 헛심만 뺄 것이었다.

위지강은 간을 보듯 가볍게 검을 뻗었다. 그의 뒷다리는 언제라도 외수의 반응에 맞춰 튈 준비를 마친 상태.

캉!

외수는 가볍게 응수했다.

또다시 움찔 물러나던 위지강이 우두커니 선 외수의 미지근한 대응에 의아한 얼굴로 물었다.

"어찌 그러시오?"

"장단 맞춰 놀아줄 맘이 없어졌소!"

"……?"

쫓아다니지 않겠단 뜻이었다.

위지강은 잠깐 곤란한 표정을 보이며 우물거리더니 금방 원래의 웃음을 되찾고 다시 다가서며 지금까지 해왔던 행동을 반복했다.

언제까지 버티나 보자는 듯.

캉! 캉!

거듭되는 자극에도 꿈쩍 않고 받아치기만 하는 외수.

그러자 군중들 속에서 야유가 터지기 시작했다.

"우우!"

구경하는 사람들 입장에선 이렇게 싱거운 대결도 없었다. 한 사람은 꽁무니를 빼고 있고 한 사람은 의욕을 잃은 듯 가벼운 응수만 하니 짜증이 날 만했다.

그래도 외수는 꿈쩍 하지 않았다.

하지만 위지강은 그렇지 않았다.

'젠장! 이 자식이 왜 하던 대로 하지 않고 딴청을 부리는 거야?'

조금씩 끓어오르는 위지강. 외수와 달리 야유 따위에 익숙지 않은 그였다.

'쳇, 좀 더 데리고 놀아보려고 했더니.'

기어이 위지강이 적극적인 태도를 보였다. 제법 힘을 실었고, 제법 거리를 좁혔다.

그래도 외수는 여전했다. 거의 제자리에서 받아치기만 하며 불필요한 운신을 하려들지 않았다. 아직도 위지강의 꽁무니가 충분히 틜 여지를 남겨두고 있었기 때문이었다.

당연히 외수로선 불리한 비무였다. 움직이질 않으니 위지강 혼자서 휘젓는 양상이었다. 때문에 간간이 위험한 장면도 허용할 수밖에 없는 외수였다.

위지강의 공세가 점점 빨라졌다. 외수가 응수만 하며 위태로운 모습을 보이자 제법 맹렬한 기세를 보였다.

캉캉캉! 캉캉캉캉!

뿌리를 박은 것처럼 굳건히 버티던 외수가 서서히 밀리기 시작했다.

조심스러우면서도 빠르고 정확한 위지강의 공격.

그 순간 외수의 움직임을 꿰뚫고 있는 단상의 삼성과 낭왕, 검왕, 다섯 사람의 안면이 똑같은 표정으로 굳어졌다.

"저놈, 보통 영리한 게 아니야. 상황에 따라 어떻게 싸워야 하는지 알아!"

구대통이 혼자 뇌까린 소리에 누구도 토를 달지 않았다.

"무공만 습득하는 게 아니었군요."

검왕 남궁산이 놀라움을 감추지 않았다.

"맞아! 스스로 발전하는 능력에 상황을 판단하고 대처하는 능력까지 있어! 무서운 놈!"

심각한 표정들.

모두 깊은 우려를 갖고 노려보는 그때, 응수만 하며 뒷걸음질 치던 외수에게서 전혀 뜻밖의 일이 일어났다.

캉!

날아가는 이 빠진 칼. 어이없게도 자신의 칼을 놓친 듯했다.

자신의 무기를 놓친다는 건 승부를 떠나 무인으로서 치욕적인 일. 던진 것도 아니고 분명 위지강의 검격에 날아간 것이었다.

그 순간 당혹스러운 사람은 위지강이었다. 칼이 없는 상대. 어처구니가 없을 만큼 황당했다.

그러나 위지강이 주춤하는 그 찰나의 순간, 맨손의 외수가 위지강을 덮쳤다.

"어엇?"

지근거리. 위지강은 외수의 손아귀를 빠져나갈 수 없었다. 뒤늦게 검을 휘둘러보지만 채 휘두르기도 전에 외수의 우악스러운 두 손이 손목과 멱살을 잡아챘다.

"헉?"

움켜잡히는 순간 위지강의 몸뚱이가 공중으로 떠올랐다. 아니 정확히는 휘돌려지고 있었다. 두 다리마저 걷어차인 듯했다.

눈알도 따라서 빙글 돌아갔다.

어지럽게 돌아가는 중에도 위지강은 자신의 두 다리가 하늘 높이 휘돌려지는 것을 확인했다.

쾅!

전신을 엄습하는 무지막지한 고통.

앞이 보이지 않았다. 호흡도 하기 힘들었고 손가락 하나 움직여지지 않았다.

전신이 으스러진 것일까?

"끄으으으……."

고통에 겨운 신음을 흘리는 위지강.

장내에 정적이 감돌았다. 승부는 끝이 났지만 누구도 예상 못한 상황과 결과에 다들 입만 떡 벌어졌다.

검과 칼을 들었으니 도검에 의한 멋진 승부가 날 것이란 예상했건만 그 기대는 무참히 무너졌다.

메치듯 상대를 거꾸로 휘돌려 패대기쳐 버린 궁외수. 차라리 한 대 맞고 뻗어버린 것보다 더 치욕적인 장면이었다.

위지강을 내다꽂은 외수가 그의 손목과 멱살을 놓고 천천히 일어나서 자신의 칼이 떨어진 곳으로 향했다.

비무대 끄트머리에 떨어진 칼을 집어 드는 외수. 더 이상 비무가 이어질 수 없었다.

그가 비무대 계단을 내려올 때, 아래에서 무시무시한 살기로 노려보는 자가 있었다.

위지흔. 움켜진 두 주먹을 바들바들 떠는 모습이 끓어오르는 분노를 억지로 인내하는 게 역력했다.

외수는 관심도 없다는 듯 그냥 지나쳐 자신의 자리로 갔다.

편무결이 놀란 가운데 놀리듯 말했다.

"이봐, 이 어처구니없는 친구야. 도대체 그렇게 싸우는 법은 누구한테 배운 건가?"

"문제가 있었소?"

"아니! 아니! 아무런 문제없지! 하지만 이제야 자네의 싸움 방식을 조금 이해할 것 같군."

"내 싸움 방식?"

"그래! 자넨 형식 파괴자야!"

"……?"

외수가 시시와 의자에 앉으며 알 수 없단 얼굴로 노려보자 편무결도 따라 앉으며 눈을 흘겼다.

"기존의 형식과 틀 따윈 안중에도 없는 파괴자!"

"그런데 왜 따라 앉는 거요? 다음 순서 아니오?"

"응?"

편무결이 쭈뼛했다.

"아, 그렇군! 자네 때문에 내 순서조차 까먹고 있었군."

몰랐다는 듯 머리를 긁적이며 다시 일어나는 편무결.

시시가 따라 일어나 두 주먹을 꼭 쥐어 보이며 응원을 했다.

"무결 공자님! 이기세요!"

"하하, 시시! 응원해 주는 건 좋은데 난 내 실력을 알거든. 아마 실망하게 될 거야. 저길 봐!"

무결이 슬쩍 턱 끝으로 가리킨 곳에는 무당의 청연이 무대를 향해 나아가고 있었다.

늠름한 걸음걸이. 자세나 인상에서부터 결코 평범치 않음이 느껴졌다.

"무당파 청(靑) 자 항렬 중에 가장 맏인 '청우(靑牛)' 대사형을 능가한다는 인물이라고. 무당파에서 작심하고 그를 참가시킨 듯한데, 이렇게 마주친 이상 내 운은 여기까지야!"

"어머! 왜 그런 자신 없는 말씀을 하세요?"

"흐흐, 봤잖아. 확실히 나보단 한 수 위의 인물이야. 내가 그를 이기려면 여기 궁외수, 이 친구 같이 과감한 결단성과 변화에 대한 특별한 감각이 있어야 해! 그런데… 난 그런 쪽 재능은 영 꽝이라서 말이야. 흐흐흐!"

연신 뒷머리만 긁어대는 무결이 터덜터덜 비무대 계단으로 향했다.

시시가 안타까운 마음으로 보다가 외수에게 물었다.

"엄살이겠죠? 괜히 저러시는 거겠죠?"

편무결을 가만히 응시할 뿐 묵묵한 외수.

그러자 반야와 나란히 앉아 있던 미기가 대꾸했다.

"그의 말이 맞아! 지금까지 본 바로는 이길 수 없어! 그를 능가하는 상대야!"

"하지만 궁 공자님은 다 이기셨잖아요."

시시의 말에 미기가 버럭 했다.

"그거야 이 인간이 워낙 무식해서 그런 거고! 저 인간에겐 그런 무식함이 없잖아!"

"무식이요?"

"그래! 정상적인 인간은 그렇게 상대 멱살을 잡아 패대기치는 상식 밖의 충격적인 짓거리는 못 해! 흥!"

자신을 향해 작렬하는 콧방귀에 슬그머니 돌아보는 외수.
충격적?

미기는 눈길을 마주치지 않고 연신 혼자 콧방귀만 껴댔다.

비무가 시작된 무대 위엔 화려한 검공이 쏟아지기 시작했다. 조금 전 외수가 치렀던 무대와는 전혀 딴판이었다.

군더더기 없이 깨끗하게 이뤄지는 접전.

날렵하고 수려했다. 승부가 걸린 격돌이 이렇게 아름다울수도 있다는 걸 보여주겠단 것처럼 두 사람의 검공은 한 치의 빈틈도 없이 어우러졌다.

하지만 시간이 흐를수록 정말 편무결의 말처럼 그가 밀리기 시작했다. 편무결의 무위도 충분히 날카롭고 위맹했으나 무당파 청연의 깊이가 좀 더 깊은 듯했다.

승부는 꽤 오래 걸렸으나 마무리는 깔끔했다. 뜻밖에도 편무결이 스스로 먼저 검을 거둔 것이다.

"청연 사형, 그만해도 될 것 같습니다."

"편 공자, 어째서……?"

청연이 어리둥절해 했다.

땀에 전 편무결이 가쁜 호흡을 고르며 기분 좋은 미소를 보였다.

"무대에 오르기 전 부족함을 알고 있었습니다. 절륜한 무당과 검공을 이렇게 직접 온몸으로 경험한 것에 넘치도록 만족합니다. 비등하다면 모를까 확연한 차이를 알면서도 계속 비무를 끄는 건 억지일 뿐이고, 또한 예의를 모르는 못난이 짓이라 생각됩니다. 전 그런 못난이가 되고 진 않습니다."

"……."

큰 키의 청연이 말없이 응시만 하고 있었다.

"멋진 검무로 이끌어주어 감사합니다."

손아 모아들고 고개를 숙여 보인 편무결이 미련 없이 계단을 향해 돌아섰다.

그러나 비무대를 내려가기 전 청연이 불러 세웠다.

"편 공자!"

어딘지 처연하게 들리는 음성.

"그대가 나만큼 수련했다면 오늘 검을 거둔 쪽은 나였을 수도 있소."

눈을 마주한 편무결이 그다운 웃음을 보였다.

"하하, 제가 게으르긴 해도 밭의 크기와 고랑의 깊이가 다른 것을요. 어떻게 해도 제가 따라잡긴 힘들었을 겁니다."

"……."

"그럼!"

편무결이 계단을 내려서며 승부는 결정되었다.

그가 무대에서 내려설 때 멀리서 그를 노려보는 편장우와 편무열의 시선이 매섭기 그지없었다.

"기백조차 없는 놈!"

동생 무결의 비무를 확인한 편무열은 몹시 화가 돋은 듯했다. 으스러지도록 갈아대는 이빨뿐 아니라 양미간에 시퍼런 서슬까지 들끓었다.

"더 등신이 되어 나타났군. 한심한 놈! 그저 제 놈 생각만 옳다고 믿는 머저리 같은!"

편장우도 노기를 띠고 있었으나 입술만 질끈 깨문 채 아무 말도 하지 않았다.

내려온 편무결을 외수도 이해하지 못했다.

"어째서요?"

"뭐가?"

"왜 포기한 것이오? 난 당신이 이길 기회가 있었다고 생각하는데?"

"후훗, 이 친구야. 그건 자네 기준이지."

넉넉한 웃음의 편무결이 옆자리로 앉으며 말을 이었다.

"자기가 얼마나 특별한지 모르는 모양이군. 다른 사람도 다 자네 같을 거란 생각은 하지 말게. 세상에 자네같이 특별한 감각을 가진 사람은 결코 흔치 않으니까!"

"이상하군. 싸움이 거기서 거기지 특별할 건 또 뭐요."

"크크큭, 그러니까 자네가 깡패라는 거야. 무공을 견주는 비무를 단순히 싸움으로밖에 인식 못 하는 인간이 다른 자들을 모조리 이겨 버리니 말이야."

"……."

외수는 끝까지 알 수 없단 얼굴이었다.

"그것보다 낭왕의 신공엔 욕심이 없는 거요?"

"없어!"

"그건 어째서요?"

"말했잖아. 난 이 자리의 들러리일 뿐이라고. 처음부터 나와 인연이 있을 수 없는 물건이야!"

스스로 승부를 포기하고도 느긋하기 만한 표정의 편무결. 정말 아쉬움 따위는 전혀 갖지 않은 얼굴이었다.

외수는 더 묻지 않았다. 무대로 등장하는 또 다른 비무자들이 시선에 들어왔기 때문이다.

오전 일정의 마지막 대진자들이었다. 그동안 비무에 이기고도 부상으로 인해 어쩔 수 없이 기권하는 자들이 몇몇 발생한 바람에 그들이 마지막이었다.

남궁세가의 남궁영. 그리고 그에 맞서는 모용세가 모용학.

"이 대진도 볼만하겠군."

의자에 느긋이 기대앉은 편무결이 혼잣말을 했다.

"그러나 승부는 쉽게 날 거야. 한쪽이 너무 강해!"

외수도 알고 있었다. 외수의 눈은 이미 남궁영을 훑고 있었다.

군계일학처럼 그는 유독 눈에 띄는 자였다. 발군의 실력. 지금까지 어렵지 않게 승리를 거두는 걸 전부 지켜봤었다.

외모도 출중했다. 마주선 모용학도 빼어난 외형을 갖췄으나 그는 좀 더 사내답고 무인다운 기품을 자랑했다.

비무 역시 예상대로 진행됐다. 확연한 차이. 똑같이 검을 썼으나 모용학은 거의 모든 부분에서 남궁영에게 뒤지고 있었다. 검공, 운신, 속도.

그럼에도 외수의 눈은 두 사람의 비무에서 잠시도 떨어지지 않았다. 비무를 보는 외수의 태도는 항상 그러했다. 굉장히 집중해 빠져든 모습.

지금도 외수는 우세를 보이는 남궁영의 검공과 움직임뿐만 아니라 수세에 몰린 모용학의 검공까지 놓치지 않고 있었다.

누구나 승부의 끝이 가까워졌음을 느낄 수 있을 때쯤 편무결이 외수의 집중을 깨트렸다.

"또 넋이 빠져 있군. 물끄러미!"

"……."

"자네, 두렵지도 않은가?"

"무엇이 말이오?"

"저런 뛰어난 기재들을 보면서 걱정도 안 되냔 말이지. 다음 상대가 초여선이잖은가. 내가 볼 때 그녀 역시 청연 사형이나 남궁영 선배만큼이나 강하다고. 그리고 그 다음엔 또 둘 중 하나를 상대해야 하고."

"그게 두려워해야 할 이유요?"

"……."

오히려 되묻는 외수 때문에 무결은 입도 뻥긋 못했다.

무결은 몰랐지만 외수가 태연할 수 있는 것은 이런 비무 따윈 싸움 축에도 못 드는 장난 같은 것이라고 생각하고 있는 탓이었다.

싸움이란 적어도 살수 같은 자들과 생사가 왔다 갔다 하는 혈투. 즉, 상대를 죽이지 못하면 내가 죽는 피가 마르는 상황이라야 무섭고 두려운 것이었다.

예상대로 비무는 빠르게 끝이 났다. 결과는 남궁영의 승.

남은 네 사람이 오후에 마지막 대결을 벌이게 되었다.

점심 휴식 시간은 꽤 길게 주어졌다. 이제 딱 세 번의 비무만을 남겨두고 있기에 여유를 주는 모양이었다.

"오라버니, 아쉬워요. 그렇게 비무를 접어버리셔서."

단상에서 내려온 편가연이 무결을 위로했다.

"괜찮아. 오히려 잘됐지, 뭐! 올라가면 이 끔찍한 친구를 상대해야 할지도 모르잖아. 자, 어서 밥이나 먹으러 가자고. 사월이가 준비해 놨겠지?"

편무결이 정말 허기졌다는 듯 배를 쓰다듬으며 앞서서 별원으로 향했다.

그때 엉뚱하게도 미기가 소리쳤다.

"우리도 같이 가!"

"응?"

돌아보는 편무결. 다른 사람도 일제히 미기를 쳐다보았다.

팔짱을 끼고 입에 불만을 매단 미기가 딴청을 부리며 말했다.

"우리 숙소까진 너무 멀어!"

그러자 옆에서 미기의 소매를 당기며 반야가 난처해했다.

눈치를 보는 그녀를 잠시 돌아본 미기가 다시 퉁명스럽게 쏘아붙였다.

"왜? 우리 건 준비 안 됐어?"

편가연이 대답했다.

"그럴 리가요. 함께 가세요, 마마!"

"마마?"

편무결이 즉각 반응했다.

어벙한 표정으로 눈만 껌벅대는 편무결. 그의 앞을 미기가 반야를 이끌고 휙 지나갔다.

반야가 끌려가면서도 어쩔 줄 몰라 하며 자꾸 고개를 돌려 눈치를 봤다.

"그냥 따라와, 멍청아!"

미기의 한마디. 누구의 명인데 거역할까. 반야는 영문도 모른 채 그녀가 이끄는 대로 끌려갈 수밖에 없었다.

*　　*　　*

"공주라고……?"

둘러앉은 식사 자리. 어리둥절한 무결이 미기에게서 눈을 떼지 못했다.

옆에 앉은 편가연이 젓가락을 집어가며 속삭이듯 나직이 말했다.

"네, 오라버니. 금평왕의 금지옥엽 영령공주님이세요."

"어째서 금평왕부 공주가 아미산에……?"

점점 어벙해지는 무결. 그리고 보니 일반 여자아이들과는 달랐다.

검을 차고 있기는 했으나 옷이며, 옷에 단 장식이며 일반인은 구경조차 힘든 치장 아닌가. 몰라본 자신이 멍청한 것이었다. 거기다 그녀는 조금 어린 듯한 앳된 외모에 거친 말투와 행동을 하긴 했어도 여느 소녀들과는 다른 무게감이나 기품 같은 것이 항상 느껴졌었다.

다시 한 번 미기를 찬찬히 훑는 무결.

그러거나 말거나 미기는 반야만 신경 쓰고 있었다. 자매처럼, 언니처럼.

사실 그녀가 이 자리에 끼어든 것도 반야를 위한 것이었다.

궁외수를 향한 반야의 마음. 그 아쉬움을 알기에 잠시라도 같이 있을 시간을 더 만들어주려는 것이었다.

젓가락을 집어 손에 쥐어주고, 음식과 그릇을 앞까지 당겨주고.

미기가 하는 행동을 가만히 보고 있던 편무결이 점점 어지러워져 참지 못하고 직접 확인에 들어갔다.

"영령공주… 시라고요? 이 나라 황제께서 황자들보다 더 아끼고 사랑하신다는 그 영령공주마마……?"

미기가 고개를 들어 눈을 흘겼다. 알게 됐으면 가만히 있을 것이지, 뭘 더 알려고 하느냔 눈초리였다.

뜨끔한 무결이 입맛만 다셨다.

"그것참, 마치 사기당한 것 같은 기분이네. 쩝!"

第七章

저 아이, 저 아이였어!

내가 본 인간 중에 가장 완벽하게 말과 행동이 일치하는 놈이
었어.

아주 기분 더러운 쪽으로 철저히 말이지.

—궁외수에게 잡힌 도둑, 귀수비면 송일비

충분한 휴식 뒤에 속개되는 오후 일정. 마지막 남은 비무자들이 한 사람씩 등장하자 사람들은 끓어올랐다.

편가연, 시시 등과 다시 대회장으로 향하는 외수는 몰려들어 환호하는 사람들 때문에 나아가질 못할 정도였다.

단상의 남궁산이 마지막 축사를 했다.

"여기까지 올라오느라 수고들 했다. 끝까지 최선을 다해 오늘의 영광을 차지하길 바란다."

"극월세가 궁외수! 해남 검각 초여선!"

심사관 남궁천이 첫 번째 비무자들을 호명했다.

"공자님, 꼭 이기세요!"

언제나 그렇듯 시시가 떨리는지 두 손을 모으고 간절함을 표시했다.

편무결도, 반야도, 퉁명스런 미기조차도 외수를 응시하며 무언의 응원을 보내고 있었다.

외수는 천천히 비무대로 올라 마주선 초여선에게 손을 모아 들어 보였다.

"궁외수요."

무심한 인사. 반대로 초여선의 눈초리는 유심했다.

"해남 검각의 초여선이에요."

어딘지 무게감이 느껴지는 여인. 표정이 없는 얼굴에 행동 또한 간결했다.

"다친 곳은 괜찮은 거요?"

외수의 질문이 예상 밖이었는지 나무토막 같던 초여선의 표정이 살짝 흔들렸다.

"지장 없어요."

"다행이군."

덤덤한 외수. 먼저 장포를 젖혀 칼을 뽑아 들었다.

"나도 묻고 싶은 것이 있어요."

"무엇이오?"

"제게도 속임수를 쓸 건가요?"

"속임수라니 무슨 말이오?"

"제게도 팔방풍우, 횡소천군 같은 것밖에 모르는 초급무사

흉내를 내며 기만할 것인지 물어보는 거예요."

"……."

외수가 물끄러미 쳐다보다 말했다.

"당신이 무엇을 보았든 그게 내 전부요."

"똑같이 하겠단 뜻인가요? 왜 그러는 거죠? 당신 같은 실력
자라면 그렇게 하지 않아도 될 텐데, 왜 굳이 비굴한 수를 쓰
려 하죠?"

외수의 말을 믿지 않는 초여선이었다.

"……."

"어떻든 그 생각은 버리는 게 좋을 거예요. 내게는 통하지
않으니까."

"그런 거요? 그래도 어쩔 수 없소. 믿거나 말거나 내겐 그
것밖에 없으니."

이번엔 초여선이 눈에 힘을 준 채 지켜보다 고개를 흔들곤
검집을 벗겨냈다.

한 발을 뒤로 빼 옆으로 비스듬히 서서 바닥을 향해 검을
힘차게 뻗은 초여선의 자세. 어떻게 상대해야 하는지 알고 있
다는 듯 느긋한 수비 자세였다.

"오세요!"

외수는 상대가 선공을 양보하겠단 뜻을 보이자 망설임 없
이 다가섰다. 그리고 칼 역시 거침없이 휘둘러 갔다.

그녀가 속임수라 여기는 팔방풍우, 직도황룡, 횡소천군 따

위의 초식.

캉! 캉! 캉! 콰콱!

한 걸음씩 물러나며 외수의 칼을 받아내는 초여선. 화가 난 듯 그녀의 인상이 격하게 일그러졌다.

"낯이 두껍군요. 이 수많은 사람들, 그리고 당대 최고의 고수들까지 지켜보고 있는데 자신까지 속이며 거듭 이런 수작을 부리다니……. 좋아요. 내가 본색을 드러내게 해주죠."

카캉! 휘익!

갑자기 맹렬하게 덮쳐 오는 초여선의 검. 심중의 화가 그대로 실린 매서운 검초가 쏟아졌다.

초여선이 변화를 일으키는 그 순간, 어김없이 단상의 점창일기 구대통이 무릎까지 탁 치며 환호했다.

"그렇지! 그렇게 하는 거야!"

거칠게 돌변한 초여선의 자세가 마음에 드는 모양이었다.

"저 녀석 진짜 물건이네. 싸울 줄을 알아!"

초여선의 무위. 여인답지 않게 힘이 있는 데다 맹렬하고 날카롭다는 걸 확인한 터다.

그녀가 전력을 다하며 맹공을 퍼붓기 시작하자 확실히 외수의 움직임이 허둥지둥 둔탁해졌다.

몇 번의 비무를 통해 외수가 싸우는 방식을 본 초여선은 작은 틈조차 주지 않으려는 듯, 한 수 한 수마다 살인적인 매서움을 더하고 있었다.

풋! 파팟!

베어지는 외수의 옷자락과 소맷자락. 살갗도 스쳤는지 진한 쓰라림을 느껴졌다.

외수의 기준에서 직접 부딪쳐 본 초여선은 지금까지의 다른 후기지수들과 차원이 다른 무인이었다. 그녀는 싸움을 하는 게 아니라 진짜 무공을 펼치고 있었다. 그것도 조금의 흐트러짐도 없는 아주 정교하고 치밀한.

"이제 그만 진짜 본모습을 드러내시죠?"

악에 받친 듯 외수를 몰아가는 초여선이 소리쳤다.

허탈하단 듯 외수가 받아쳤다.

"당신이 뭘 봤는지 모르지만 정말 나에게 그런 것이 있었으면 좋겠군."

밀려가는 외수. 초여선의 손속을 따라가지 못했다. 가까스로 막아내긴 해도 심장을 파고드는 듯한 날카로운 검초마다 고전의 연속이었다.

단상 위 구대통의 입가에 즐거움이 넘쳤다.

"저 아이가 궁외수 저놈의 장단점을 다 파악했어! 녀석의 영성한 부분을 정확히 알고 응징하고 있잖아! 좋은데? 이런 식이면 녀석의 흥분을 끌어낼 수 있겠어!"

기대에 부푼 구대통.

그러나 낭왕 염치우는 구대통의 기대에 동의하지 않았다. 허둥지둥 바쁜 몸뚱이와는 달리 아직은 상대를 노려보는 궁외수의 눈빛이 냉정함을 유지하고 있었기 때문이다.

카캉!

외수가 반격을 시도했다. 계속 몰려선 안 된단 생각 때문이었는지 건곤벽파로 강하게 맞불을 놓았다.

그러나 그 결정은 오히려 어깻죽지에 상처 하나를 더 얻는 결과만 낳고 말았다.

작지 않은 부상이었다. 화끈하는 느낌만큼 피가 뿜어지고 있었다.

"계속 고집 부릴 건가요?"

잠시 틈을 주며 재차 확인하는 초여선.

그녀의 고집스런 말에 외수는 조금씩 화가 끓어올랐다.

제법 피가 줄줄 타고 흐르는 어깻죽지를 확인하는 눈빛이 서늘하게 변한 외수.

"이봐, 초여선! 어째서 자기 말만 옳다고 믿는 것이지?"

"⋯⋯."

"그 입 한 번만 더 놀리면 목구멍을 뚫어버리겠어!"

"⋯⋯?"

외수의 경고에 초여선이 움찔했다. 노려보는 눈빛에서 전신을 난도질당하는 듯한 섬뜩함을 느꼈기 때문이었다.

이번에도 외수가 먼저 다가섰다. 늘어뜨렸지만 힘차게 움켜쥔 칼. 피를 본 후 확연히 달라진 분위기였다.

구대통이 바짝 긴장한 상태로 또 한 번 환호했다.

"됐어! 놈이 드디어 열 받기 시작했어!"

낭왕의 시선도 더욱 날카롭게 빛을 발했다.

"저놈 말이야. 지금까진 상대의 무공을 경험하며 훔치려던 계획이었어. 그런데 부상을 입자 생각이 바뀐 거야. 두고 보라고. 이제 마성을 드러낼 테니까. 초여선이란 저 녀석의 실력이면 충분해!"

낭왕 염치우에게 하는 구대통의 말에 검왕 남궁산이 불만스럽게 되받아쳤다.

"그러다 해남검문의 저 아이가 크게 다치기나 죽임을 당하기라도 하면 어떡합니까? 그런 폭발이 일어나는 순간이라면 저지할 시간도 없을 것 같은데?"

구대통이 홱 고개를 돌려 남궁산을 째려보았다.

그래도 남궁산은 자신의 아들에게 일어날 수도 있는 일이라 불만을 지우지 않았다.

"너 지금 주둥이 내민 것이냐?"

"아니, 뭐……."

"몇 번을 설명했냐. 자꾸 좁쌀 같이 굴래?"

구대통이 날 선 눈초리를 마구 퍼부어대는 그때, 낭왕의 굵은 음성이 떨어졌다.

"걱정 말게, 내가 막을 테니!"

구대통과 남궁산, 그리고 무양과 명원까지 낭왕을 보았다.

의자 옆에 세워둔 염라부를 움켜쥐고 있는 낭왕. 그의 자세는 언제라도 튀어나갈 것처럼 앞으로 반쯤 쏟아져 있었다.

그림이 그려졌다. 궁외수의 마성이 발동하는 그 순간에 그는 단상을 박차고 쏘아져 나갈 것이었다. 아니, 그보다 먼저 자신의 도끼 염라부와 귀척부 중 하나를 내던져 버릴 것 같았다.

남궁산이나 구대통이나 그의 한마디에 꼼짝도 못했다. 그가 그렇게 천명한 이상 말 붙일 여지가 없어 눈치만 보았다.

그러는 사이 무대 위 외수는 전력을 쏟고 있었다.

카캉! 콰콰쾅!

무대가 폭발하는 듯했다. 지금까지 대회가 진행되는 동안 이런 혈투가 없었다. 그야말로 비무가 아니라 피가 튀는 혈투였다.

그리고 대부분의 튀는 피는 궁외수에게서 터지고 있었다.

외수는 무지막지하게 몰아붙였다. 마치 성난 멧돼지처럼 초여선을 몰아쳐 갔다. 그러나 날카로움에서 뒤지기에 도리어 상흔을 더 많이 입는 쪽은 외수였다.

반대로 초여선은 고작 옷깃이 베이거나 스치는 정도의 상처일 뿐이었다. 결국 맹렬히 몰아가긴 해도 피해는 계속 외수만 입고 있었다.

'어떡해? 어떡해?'

그런 외수를 보는 시시는 울먹이고 있었다. 협곡 위에서 수십 명의 살수와 싸울 때의 모습을 보는 것 같았기 때문이다.

'공자님, 제발 다치지⋯⋯.'

차마 못 보겠다는 듯 두 손으로 얼굴을 감싸 버리는 시시.

관중들도 놀랐다. 피를 튀기는 비무라니. 부상과 피가 난무한다면 그건 비무가 아닌 것이다.

사람들은 심사관 남궁천을 주시했다. 누군가 중단시켜야 할 것 같아서였다.

남궁천도 도를 넘은 과격한 비무에 이미 벌떡 일어나 있었다.

그는 어찌할 바를 모르는 듯했다. 중단을 시키려면 승부가 명확히 갈려야 하는데 아직 어느 쪽도 이겼다고 단정할 수가 없었기 때문이다.

어쩔 수 없이 단상의 남궁산을 돌아보는 남궁천. 어떡해야 되느냔 물음이었다. 그러나 놔두라는 손짓만 되돌아왔다.

영령공주 주미기도 선홍빛 혈전에 잔뜩 눈을 찌푸린 채 긴장하고 있었다.

다소 놀란 표정. 그녀는 이제야 궁외수라는 인간에 대해 조금은 알 것 같았다. 그의 싸움 방식을. 그리고 모자라는 무위를 어떻게 극복해 왔는지를.

답은 처절할 정도의 투지였다. 투지와 더불어 육신이 가진 본능에다 결코 꺾이지 않는 무시무시한 정신력이 그를 괴물로 만들어놓고 있었다.

"어떻게 되어가고 있죠?"

미기가 일어서는 바람에 따라 일어선 반야가 팔을 당기며 궁금해 했다.

애처로운 반야의 얼굴.

"잘 싸우고 있어!"

미기는 그렇게 말했지만 반야도 무언가 느끼고 있는 듯했다. 그녀의 걱정엔 편무결도 한몫하고 있었다.

"저런 무식한……!"

흥분한 무결의 음성. 반야가 미기의 팔을 놓고 무결을 향해 물었다.

"왜요? 다쳤나요? 피 냄새가 나요. 궁 공자께서 다치셨어요?"

"아, 아냐. 괜찮아! 비문데, 뭐."

무결이 얼버무렸으나 반야는 심상찮다는 걸 알고 있었다. 시시가 얼굴을 감싸 쥐고 흐느끼고 있는 것도 그녀는 듣고 있었다.

'아아……!'

반야는 보이지 않는 눈을 도검 부딪치는 소리가 들리는 곳으로 향했다. 안타까움이 절절한 눈. 그녀의 간절한 기도가 무대 위로 날아가고 있었다.

'그래! 잘하고 있다. 어서 본성을 드러내라, 이놈! 드러내!

끝장을 내주겠다!

흥분한 구대통. 비무가 치열함을 더해 갈수록 그의 손에 쥐어지는 땀의 양도 늘어갔다.

베이고 뜯겨 너덜거리는 궁외수의 옷자락과 장포. 그리고 핏물.

무양도 명원도 낭왕과 남궁산도 모두 격렬한 비무에 빠져 있었다.

*   *   *

남궁세가 뒷산 가파른 언덕.

여느 때와 똑같이 노인 모습으로 변용한 첩혈사왕이 쓰러진 나무 기둥에 앉아 아래를 매섭게 주시하고 있다.

몹시 일그러진 얼굴. 눈에서 불을 뿜는 듯했다.

그가 그러고 있을 때 북천마군 섭중헌이 또 경고를 무시하고 다시 나타났다.

"제법 열정적인 비무로군."

뒤에서 들려온 그의 목소리에도 첩혈사왕은 반응하지 않았다. 다만 못마땅한지 입술만 질끈 깨물 뿐이었다.

"오늘은 그냥 왔네."

대꾸하지 않는 첩혈사왕.

"친구로서 같이 있고 싶어서."

거듭된 말에도 첩혈사왕 '궁뇌천'은 못 들은 척 아래만 응시했다.

어쩔 수 없이 섭중헌도 비무장으로 눈길을 고정했다.

"음, 아무것도 가르치지 않은 겐가? 자네의 핏줄이라고 하기엔 너무 약골 아닌가."

"……."

"생각지도 못한 일이군. 절대자의 아들이 무공을 못한다니."

"내가 검을 일월천에 두고 나온 이유를 모르느냐?"

거듭된 섭중헌의 자극에 비로소 열린 입. 그러나 무겁게 뇌까렸을 뿐 앉은 자세가 흔들리거나 하진 않았다.

섭중헌이 다시 조심스레 말했다.

"그렇다고 해도 저렇게 처참하게 당할 정도로 놔두는 건 아니지 않나?"

"……."

"기회는 줬어야 한다고 생각하네. 자네의 핏줄로 태어났을 땐 이유가 있었을 테니."

"시끄러! 처음부터 잉태되지 말았어야 할 놈이야!"

첩혈사왕의 노화에 섭중헌은 깊은 신음을 삼켰다. 제수씨, 그의 아내가 생각났기 때문이었다.

아이를 낳다 죽은 그의 아내. 살모사의 새끼처럼 태어난 핏덩이를 두고 그가 사흘 밤낮을 오열하던 기억이 생생했다.

그는 바로 검을 내려놓았다. 강보에 둘둘 싸인 아이를 안고 떠나겠다 천명하던 날. 시뻘겋게 충혈된 눈에서 느껴졌던 슬픔과 그 고통을 잊을 수가 없었다.

그가 아들을 방치한 이유를 안다.

아이가 사는 세상뿐 아니라 일월천에도 재앙이 될 수 있는 아이. 차마 죽일 수 없어 아이를 안고 떠나던 그의 모습.

섭중헌은 더 이상 말을 잇지 못했다. 불행을 안고 태어난 그의 아들을 먹먹한 가슴으로 응시할 뿐.

*　　　*　　　*

콰콰쾅! 콰앙!

초여선은 도저히 이해할 수 없었다.

궁외수란 인간은 분명 자신을 속이고 있었다. 팔방풍우, 횡소천군 따위로 전국에서 뽑히고 뽑힌 기재들을 이길 순 없었다. 분명 실력을 감추고 있는 것.

한데 왜 이러는지.

'어떻게 된 거지? 이 인간, 정말 이런 무공밖에 모르는 건가?'

초여선은 회의가 들었다. 이 지경이 되도록 실력을 드러내지 않는 것을 보면 정말 이것뿐일지도 모른단 생각이 들었다.

처참했다. 자신의 검끝에 찔리고 베인 궁외수는 사냥꾼에 맞서 살기 위해 날뛰는 야수 같았다.

"더 할 건가요?"

초여선이 중단하고픈 마음에 물었지만 외수는 더욱 격렬히 칼을 휘두르며 소리쳤다.

"끝내고 싶으면 날 제압해!"

"그러죠!"

초여선은 전혀 꺾일 의사가 없는 궁외수의 번뜩이는 눈빛을 보곤 사정을 두지 않고 제압하기로 마음먹었다.

휘익! 카앙! 슉!

얄미울 정도로 빠르고 정교한 초여선의 검. 전력을 다한 그녀의 검에 외수는 또다시 밀리기 시작했다.

"헉헉!"

이제는 숨까지 차오르기 시작했다. 내력을 가진 초여선과는 달랐다. 육신의 힘만으로 버티기엔 그녀의 공력을 따라갈 순 없었다.

'젠장, 마치 송곳 같군.'

외수는 초여선의 검을 허점만 파고드는 작고 예리한 바늘 같다고 느꼈다. 막기엔 너무나 작고 날카로운 바늘.

승부를 내야 했다. 이대로는 자신이 패할 것이 뻔했다.

캉! 캉!

일방적으로 이루어지는 공세.

푹!

팔뚝에 몰려드는 엄청난 통증.

외수는 자세가 흐트러진 사이 제압을 위해 목을 향해 날아드는 검을 보았고, 막지 못하면 꼼짝할 수 없었기에 팔로 검로를 막아버렸는데 뼛속까지 박혀든 검은 상상을 초월하는 통증을 몰고 왔다.

"으읍!"

머릿속에 뇌전이 치는 듯한 아찔한 통증이 동반된 그 순간, 외수는 초여선의 내디딘 발 하나를 질끈 밟았다. 그리고 머리부터 나갔다.

빡!

둔중한 충격.

정신이 없었다. 분명 상대를 들이받은 것 같은데 외수 역시 통증 때문에 앞이 보이지 않을 정도로 어지러웠다.

부왁!

반사적으로 무작정 휘두르는 칼. 걸리는 건 아무것도 없었다. 바람만 갈랐을 뿐.

외수는 칼을 휘둘렀던 손으로 머리를 쥐고 비틀비틀 물러났다. 검에 찔린 팔이 통증 탓에 바들바들 떨렸다.

외수는 가까스로 찌푸린 눈을 떴다.

뒤로 넘어졌다 엉금엉금 일어나고 있는 초여선. 확실히 그녀의 머리통을 들이받은 듯했다. 정신을 차리려 세차게 흔드는 그녀의 안면에 흐르는 피를 확인할 수 있었다.

찢어진 이마. 외수가 처음으로 얻은 승점이었다.

손등으로 이마의 피를 훔치며 일어난 초여선이 외수를 향해 증오를 퍼부었다.

"치욕스럽군요. 이런 치졸한 수단이라니. 당신 같은 자와 싸운다는 게 수치스러워요!"

발을 밟고, 머리로 들이받고. 동네 싸움밖에 모르는 외수이기에 가능한 행동이지만 명문의 수련을 쌓은 이에겐 상상도 할 수 없는 일이었기 때문이다.

"내 말을 믿지 않은 건 너야! 이게 나라고 거듭 말했는데도 자기 말만 지껄였잖아!"

"그랬군요. 알겠어요."

휘익!

초여선의 신형이 날았다. 분노가 실린 검이 외수를 급습했다.

캉! 카앙! 퍽퍽퍽!

무섭게 쏟아지는 검격. 외수는 바짝 웅크렸지만 검격뿐만 아니라 초여선의 발까지 전신을 타격하고 들어왔다.

쓰러져 뒹굴고, 다시 일어나면 맹공이 잇따랐다.

외수는 또다시 초여선의 발이나 다리를 노렸지만 한 번 당한 수작을 또 허용할 그녀가 아니었다.

"젠장!"

외수는 속수무책인 자신에게 화가 났다. 스스로 어느 정도 무공에 대한 감도 잡았다고 생각했고 그동안 나름 연구도 했었기에 충분히 상대할 수 있을 것이라 여겼는데, 초여선은 절대노인이 보여줬던 벽처럼 보이지 않는 차이를 확인시켜 주고 있었다.

외수는 다시 한 번 걷어차여 뒹굴었다. 하필이면 또 검에 찔린 팔을 차여 그 통증이 고스란히 뇌를 흔들어놓았다. 사용할 수 없는 팔이라 바짝 웅크려 가슴 쪽으로 붙이고 있었음에도 초여선의 타격을 피하지 못했다.

고통에 찬 외수는 비무대 바닥에 칼을 거칠게 꽂고 그것에 의지해 일어나며 곧 심사관의 판정이 떨어질 것을 자각했다. 아마 한 번만 더 쓰러지면 중단 신호가 들릴 것이었다.

바닥의 피. 팔뿐 아니라 걷어차여 터진 입술에서도 덩어리처럼 뚝뚝 떨어지고 있었다.

외수가 자조적인 쓴웃음을 지었다.

"흐흐흐, 이 짙고 역겨운 냄새를 또 맡게 되는군. 그것도 내가 흘린 피! 크크큭!"

외수가 온몸을 부들부들 떨며 비린 웃음을 흘리고 있는 그때, 단상의 구대통이 의자를 박차고 벌떡 일어섰다.

"드, 드디어!"

무양과 명원도 자리에서 일어섰다. 비로소 외수에게서 희미하게 발산되기 시작한 영마의 기운을 감지한 탓이었다.

처음 확인하게 되는 재앙의 기운.

검왕 남궁산도 하얗게 경색되었다. 영마지기.

그는 힐끔 낭왕 염치우부터 확인했다. 도끼를 움켜잡은 손.

남궁산은 목이 탔다. 이제 영마기가 폭발하면 그의 염라부가 벼락처럼 내려찍힐 것이었다. 분명 궁외수에게서 영마의 기운이 서서히 팽창하고 있었다.

"크크크큭!"

다소 광기가 섞인 쓴웃음을 흘리는 외수가 고개를 들어 초여선을 노려보았다.

충혈된 눈. 점점 짙어가는 핏빛이었다.

그 눈을 마주한 순간 초여선이 주춤했다. 자신을 덮치는 이상한 기운을 감지한 것이다.

살기? 아니, 그보다 더 강렬한 무엇이 자신을 꽁꽁 옭아매고 있는 느낌이었다.

초여선은 급히 주위를 두리번거려 보았다. 하지만 변화가 있을 리 없었다. 그녀는 이 이상한 기운이 궁외수에게서 비롯된다는 것을 깨닫고 다시 궁외수의 눈과 마주했다.

너무도 섬뜩해 오싹 소름이 돋는 눈. 평소에도 무시무시한 눈초리였는데 시뻘겋게 물들어 버린 눈은 더더욱 심장을 얼어붙게 만들었다.

단상의 구대통이 그런 외수를 보며 두 주먹을 불끈 쥔 채 속으로 아우성을 쳐대고 있었다.

'그래, 이놈! 쳐라! 공격해! 마기를 폭발시키란 말이다!'

초여선을 향해 박힌 혈안. 그리고 악마가 지은 미소 같은 쓴웃음. 궁외수가 일어서려 하고 있었다.

무서운 기운이 비무대를 휩쓰는 그때, 외수의 내성을 자극하는 기운이 폭발하려는 그때! 한 여인의 악을 쓰듯 하는 절절한 울음이 무대 위로 날아들었다.

"그만! 그만해요, 공자님! 흑흑흑, 이제 그만 됐어요. 그만 하세요, 제발! 흑흑흑!"

모두가 숨을 죽이고 있던 탓에 비무장 전체로 퍼질 만큼 또렷하게 울린 울음소리.

물론 외수의 귀에도 들렸고, 움찔한 그가 소리가 들려온 곳으로 고개를 돌렸다.

눈물범벅이 된 시시. 모아 쥔 손까지 벌벌 떨고 있는 그녀가 울고 있었다.

그 순간 외수의 시뻘겋던 표정이 변하기 시작했다. 쓴웃음이 지워졌고, 눈의 핏기도 아주 느리게 걷히기 시작했다.

"어어?"

단상의 구대통이 소스라칠 듯이 당혹스러워했다.

"뭐야? 왜 저러는 거야? 왜 갑자기?"

무양도 명원도, 그리고 낭왕도 낯빛이 굳었다. 긴장하고 지켜보던 표정들이 한순간에 무너졌다.

넋이 빠진 듯한 구대통이 혼자 중얼거렸다.

"저 아이, 저 아이였어! 녀석의 영마지기를 상쇄시키는 매개체!"

다섯 사람 모두 외수가 아닌 시시에게 눈이 날아가 붙어 있었다.

그 와중에 서서히 일어나는 외수. 다시 원래의 표정으로 돌아간 그가 시시를 보며 픽 짧은 웃음까지 남기곤 다시 초여선을 마주했다.

그런데 외수의 손에 칼이 없었다. 바닥에 꽂힌 칼을 그대로 두고 일어난 외수였다.

사람들도, 초여선도 어리둥절했다.

패배를 인정하겠다는 뜻?

그런데 큰 심호흡으로 숨을 고른 외수가 비스듬히 다리를 벌리며 자세를 잡았다.

엄습하던 괴상한 기운에서 해방된 초여선이 물었다.

"무슨 뜻이죠? 칼을 놓고 싸우겠단 말인가요?"

끄덕여지는 외수의 고개.

"무슨 짓이에요? 미쳤어요?"

"왜, 그러면 안 되나? 어차피 칼로는 못 이기니 있으나마나 잖아."

"그래서 맨손으론 이길 수 있단 뜻인가요?"

"글쎄? 칼로 안 되니 손으로라도 해보려고."

외수가 칼을 놓은 빈손을 슬쩍 들어보였다.

"어처구니가 없군요."

"후훗, 뭘 그렇게까지! 앞선 내 비무를 봤을 텐데? 자신이 패대기쳐질 수도 있다는 걸 전혀 생각 않는군."

"……."

말문이 막힌 초여선.

"내가 당신 손에 잡힐 거라고 생각하나요? 칼도 없는 당신에게?"

"글쎄, 두고 보면 알 테지."

"됐어요. 그만둬요. 상황 우습게 만들지 말고 승복하세요! 아니면 칼을 들거나!"

외수의 눈살이 살짝 찌푸려졌다.

"이봐, 자기 기준으로만 생각하는 게 버릇인가? 칼로는 안 되고, 운신도 따라잡지 못하고, 거기다 남은 한 손마저 이러니 당신을 잡으려면 이럴 수밖에 더 있어? 자기 걱정이나 하라고!"

초여선이 한동안 짜증스럽게 외수를 노려보다 말했다.

"어쩔 수 없군요! 팔이 달아나든 다리가 달아나든 원망 말아요!"

화를 표출한 초여선이 성큼성큼 다가섰다.

그리고 거리가 좁혀지자 빠르게 검을 뻗었다. 일격에 어딘가를 꿰뚫어 제압하겠다는 의사.

피하지 못하면 잘리거나 꿰뚫릴 몸뚱이밖에 없는 인간이 도대체 무엇으로 막을 것이냐는 듯 초여선의 검은 거칠고 과감했다.

슈욱!

변화를 일으키며 날아드는 검. 정확히 심장이 아니면 목을 목적으로 파고드는 검이었다.

피해야 하는 순간, 도리어 외수는 앞으로 벼락같이 한 발을 내디뎠다.

푸욱!

살이 꿰뚫리는 소리.

초여선의 검은 왼쪽 가슴팍에 붙인 외수의 팔은 물론 겨드랑이까지 뚫고 등 뒤로 빠져나갔다.

"……?"

놀란 초여선. 그러나 더 큰 놀라움이 기다리고 있었다.

콱!

손목을 움켜잡는 우악스런 손.

초여선의 눈에 빙긋 웃는 외수의 얼굴이 들어왔다.

"크큭, 봐! 잡혔지?"

초여선은 아연실색했다. 이런 어처구니없는 경우라니. 피하기는커녕 오히려 육신을 밀어붙여 검을 품어버리는 멍청이가 있을 줄이야. 더구나 다친 팔을.

손목을 뺄 수가 없었다. 워낙 견고한 힘이었다. 초여선은
다리를 이용했다.

퍽! 퍽!

하지만 외수의 미소는 사라지지 않았다. 검을 쥔 손목을 움
켜잡은 이상 자신이 승자라는 듯.

초여선은 혈도를 짚으려 왼손을 뻗었다.

하지만?

"그러면 안 되지!"

흔들리는 신형. 외수가 손목을 당겨 몸 전체를 흔들어놓곤
팔을 뻗었다.

콰악!

다시 옮겨진 외수의 손아귀에 꽉 조여 잡히는 가슴팍 옷자
락.

"그만해!"

외수의 고함.

초여선의 손은 외수에게 미치지 못했다. 멱살을 틀어 쥔 외
수의 팔이 훨씬 긴 탓이다.

초여선은 눈물이 흐를 것 같았다. 비참해서였다. 이런 비
무 따윈 생각지도 않았다.

"비겁한 새끼……!"

울음이 터질 것 같은 초여선이 아예 검을 놓고 권(拳)과 각
(脚)으로 타격을 시도했다. 주먹은 닿지 않고 다리만이 외수

의 허벅지와 옆구리를 가격했다.

퍼퍽! 퍽퍽!

"그만하라니까!"

궁외수의 짜증.

그 순간 초여선의 신형이 떠올랐다.

위지세가 위지강이 당했던 일.

초여선은 그것을 자신이 똑같이 당하고 있다는 걸 깨닫자 정신이 아득해졌다.

'더러운 자식……!'

그때 아까 들렸던 목소리가 다시 들렸다.

"아악! 안 돼, 안 돼요!"

초여선은 휘돌려지던 몸이 일순 멈칫하는 걸 느꼈다. 그리고 이어지는 궁외수의 탄식이 들렸다.

"젠장!"

움직임이 멈췄다. 초여선은 혼미해져 버린 정신을 가누려 애를 썼다.

등에 전해져 오는 통증.

내던져진 것인가? 패대기쳐진 것인가?

초여선은 희미하게 눈을 떴다. 푸른 하늘만 눈에 들어왔다.

"이봐, 비켜! 일어나!"

등 뒤에서 들리는 개자식의 음성.

움직일 수가 없었다. 왜 기력이 없는 것인지.

"일어나라니까, 젠장!"

등이 들썩였다. 이 자식이 등 뒤에서 뭘 하는 것이지?

상황을 알 수 없다. 눈이 감기고 있었다.

"뭐야? 이것 정신을 잃은 거야?"

외수가 완전히 널브러진 초여선을 안아들고 일어났다.

"다친 건 난데 왜 자기가?"

어이없단 듯 외수가 푸념을 하며 늘어진 초여선을 보고 있을 때 일단의 무리가 다급히 비무대 위로 뛰어 올라왔다. 해남 검각의 여인들이었다. 그리고 그들 뒤를 시시, 편무결도 따라 올라왔다.

"감사합니다. 여선을 살려주어서."

초여선을 건네받아 부축하는 사람들 중 중년의 여인이 인사를 했다.

묵묵한 외수.

짧은 인사 뒤 그들은 실신한 초여선을 데리고 서둘러 비무대를 내려갔다.

"공자님, 등이 베였어요. 어서 치료를!"

걱정을 매단 시시의 말에 외수는 보이지도 않는 등을 힐긋 돌아보았다.

"괜찮아!"

무결이 열을 냈다.

"괜찮긴 뭐가 괜찮아?"

타타탁! 탁탁!

앞뒤 돌아가며 빠르게 혈도를 짚는 무결.

"멍청이! 자신의 칼에 베이는 멍청이가 어딨어? 안 되겠어. 팔도 그렇고 숙소로 이동해 의원을 불러 치료받아야겠어!"

"그렇게 심각하오?"

"뭐? 자기 부상을 자기가 몰라?"

시시가 반박하듯 위로했다.

"잘했어요. 그러지 않았으면 그녀가 아주 크게 다쳤을 거예요."

외수가 한 행동은 뜻밖이었다. 외수는 발악을 하는 초여선을 휘돌린 후 그녀가 패대기쳐질 자리에 꽂아둔 자신의 칼이 있는 걸 뒤늦게 알았다.

억지로 멈추기엔 늦어버린 순간. 어쩔 수 없이 외수는 그녀를 온몸으로 끌어안아야 했고, 그 바람에 오히려 자신이 밑으로 깔리는 꼴이 되고 말았다.

쓰러지며 칼날이 박혀든 상처가 꽤 긴 듯했다. 뜨거운 아픔이 등판 전체를 훑고 있었다.

"어서 가요, 공자님! 의원을 모셔올게요."

잡아끄는 시시를 따라 비무대를 내려가며 외수는 편가연이 단상에서 허겁지겁 뛰어내려 오는 걸 보았다.

단상 위 구대통은 완전히 얼이 빠져 있었다.

무양과 명원은 심각한 표정으로 굳어 있었고, 염라부와 귀척부에서 손에서 놓은 낭왕 염치우는 그저 묵묵히 아래를 내려다보고 있었으며, 유일하게 남궁산만이 네 사람의 눈치를 보며 슬쩍슬쩍 미소를 흘리고 있었다.

폭발의 순간에 마성을 거둔 궁외수. 오히려 초여선을 구하는 장면은 그들 모두에게 충격을 안기기 충분했다.

*　　　*　　　*

외수가 남긴 핏빛 무대 위에서 이어진 무당파 청연과 남궁영의 비무를 외수는 보지 못했다.

별원으로 돌아와 치료 중인 외수.

시시가 데려온 의원은 세가에서 미리 대기시킨 사람이었고 덕분에 치료는 빠르게 이루어졌다.

"다 되었소."

늙수그레한 의원이 손을 닦으며 일어났다.

옆에서 인상을 찌푸린 채 치료 과정을 지켜보던 편가연과 시시가 동시에 물었다.

"괜찮을까요?"

"모든 상처를 다 잘 봉합했으니 크게 움직이지만 않으면 괜찮을 겁니다. 그러나 당연히 비무는 안 되오."

"……."

편가연도 시시도 말을 잃었다. 외수가 대회에 참가한 목적이 좌절되는 순간이었기에 때문이었다.

"고맙소. 가보시오."

외수가 일어나 앉자 시시가 준비하고 있던 새 옷으로 얼른 어깨와 등을 감싸주었다.

초여선의 검이 두 번이나 박혔던 팔에 살며시 힘을 주어 상태를 확인한 외수는 아예 일어나서 시시가 걸쳐 놓은 옷을 바로 입기 시작했다.

"공자님, 움직이지 말고 가만 계셔요. 제가 입혀 드릴게요."

시시가 달라붙어 도왔다.

그때 치료하는 동안 밖에 나가 있던 편무결이 들어왔다.

"어때? 괜찮은 거야?"

"어찌 됐소?"

"청연 사형이 이겼다는군."

외수가 고개만 까닥거렸다. 직접 보지 못해 아쉽다는 듯.

"이제 자네와 그만 남았어. 어때? 비무할 수 있겠나? 밖에선 난리라는군. 자네가 기권할지도 모른다고."

"할 수 있소."

외수의 뭉툭한 한마디에 시시와 편가연이 펄쩍 뛰었다.

"안 돼요, 공자님! 의원이 안 된다고 했잖아요."

"그 상태론 불가능합니다. 굳이 고집을 부릴 이유가……."

"괜찮아. 왼팔만 불편할 뿐이야."

시시가 항변하듯 손가락으로 일일이 상처를 가리키며 울상을 했다.

"왼팔만이 아니잖아요. 등도 그렇고, 어깨, 그리고 여기도, 여기도……."

편가연도 거들었다.

"봉합한 곳이 다시 터질 수도 있어요."

"터지면 다시 꿰매면 되지. 비무일 뿐이잖아. 죽는 것도 아닌데 왜 포기를 해? 겨우 한 번 남았는데."

"하지만……?"

"안 돼요."

두 여인의 성화에 외수가 손을 뻗었다.

"그만! 알아서 할 테니 걱정 마!"

외수가 홑옷 내의 위에 겉옷마저 입으려하자 편무결이 제지하고 나섰다.

"이봐, 서두르지 않아도 돼. 다음 비무까지 한 시진의 시간이 주어졌어. 우선은 앉아서 쉬어."

"그래요, 공자님! 어서 앉으세요. 일단 다시 누우세요."

시시가 매달리다시피 하며 외수를 다시 자리에 주저앉혔다.

편무결이 앉은 외수를 복잡한 표정으로 내려다보며 걱정을 했다.

"그것참, 말릴 수도 없고. 아무래도 그 상태론 힘들 것 같은데? 낭왕이 내건 신공 때문에 대회가 너무 치열해졌어."

"쉬겠소."

외수가 외면하고 아예 자리에 누워 눈을 감았다.

비무를 강행하려는 외수. 그를 편무결과 편가연, 시시. 그리고 담곤과 온조 등이 걱정을 지우지 못하고 내려다보고만 있었다.

第八章

이런 말도 안 되는 일이

으, 냄새. 이게 무슨 꼴이야. 내가 이런 꼴을 당하다니.

두고 보자. 반드시 복수하고 말 테다.

—짐 싸들고 나오다 동료 후기지수들과 마주치는 바람에

측간 뒤에 숨어 혼자 중얼대는 백도헌

　　별당 무림삼성의 거처.

　　구대통과 무양, 명원이 유운, 유수가 데리고 온 청연을 앞
에 세워놓고 고민에 빠져 있었다.

　　예상을 빗나간 결과. 남궁산의 둘째 남궁영이 이길 것이라
판단하고 그에게만 관심을 기울였는데 뜻밖의 상황이 벌어진
것이다.

　　"그것참, 남궁산 보기 민망하게 생겼군."

　　구대통의 말에 명원이 설레설레 고개를 흔들었다.

　　"그렇지도 않을걸요. 그 녀석이라면 오히려 다행이라 여기
고 좋아할지도 모르죠."

"그런가? 그런데 무양, 이게 어떻게 된 일이냐? 이런 놈을 언제 키웠어?"

무양도 뜻밖이라는 듯 시선을 고정한 채 청연을 보고 있다가 인솔자인 유윤과 유수에게 물었다.

"누구 밑에 있는 아이더냐?"

"유현 사형이 가르치는 아이입니다."

"입문한 지는 얼마나 되었고?"

"십오 년째 들어섰습니다."

"흠!"

무양이 자기만큼이나 큰 키의 청연에게 다시 고개를 돌렸다.

무양이 문파의 대소사나 제자들에 대해 관심을 두지 않고 유유자적한 지는 꽤 오래된 일이었다. 그러니 삼대제자나 사대제자들의 신변과 성장에 대해서는 알 리가 없었다.

구대통이 구부정히 뒷짐을 지고 아래위로 눈을 힐끔대며 청연을 훑었다.

"그것참, 어린놈이 벌써 진신내력을 갈무리하는 수준이라니. 물건일세."

그럴 만도 했다. 궁외수의 마성을 이끌어낼 적임자로 남궁산의 아들을 점찍었는데, 그를 이겨 버린 놈이 나왔으니 달리 보였다.

"어쨌든 더 잘됐잖아요. 마침 남궁산도 미지근해하던 눈치였는데."

명원의 말에 구대통이 비시시 웃었다.

"그래! 잘됐지. 흐흐흐!"

불려온 청연. 그는 지금 이 상황이 무엇인지 감이 잡히지 않았다. 태사조이자 무당제일검인 무양만 있는 것도 아니고 삼성 모두가 자신을 놓고 이야기하고 있었다.

처음 불려올 때는 자신을 격려해 주려는 것인 줄 알았는데 지금 나오는 말들이 다 무슨 소리들인지.

"이놈아, 우리가 왜 널 여기로 불렀는지 아느냐?"

버럭 덮쳐온 구대통의 말.

청연은 고개를 더 깊이 숙이며 대답했다.

"모르옵니다."

"마지막 비무, 이길 자신 있느냐?"

"예?"

"궁외수, 그놈을 이길 수 있겠느냔 말이다."

"……?"

청연이 대답을 못했다.

어리둥절해하는 청연을 보며 무양이 재차 다그쳤다.

"왜 대답을 못하는 것이냐? 대답해 보아라!"

평소에는 올려다볼 수도 없는 존재. 청연이 조심스레 고개를 들어 무양을 보며 물었다.

"반드시 이겨야 하는 이유가 있는 것이옵니까?"

"……."

까닭을 묻는 어린 제자의 흔들리는 눈을 가만히 들여다보는 무양.

대답을 구대통이 했다.

"낄낄낄! 뭐, 굳이 이기는 것까지 하지 않아도 된다. 놈을 폭발시키기만 하면 돼!"

'폭발?'

"놈이 미쳐 날뛸 정도로 말이다. 그러려면 놈을 아주 거칠고 혹독하게 다뤄야 하겠지. 단숨에 승부를 내서도 안 되고. 그렇게 할 수 있겠냔 말이다."

점점 의문만 쌓이는 청연이었다.

그가 고개만 숙이고 있자 무양이 다시 입을 열었다.

"청연이라고 했더냐?"

"예, 태사조!"

"이유가 궁금하겠지만 알려고 하지 마라! 네가 우승하는 것도 중요하다만 놈을 그리 만드는 것이 더 중요한 일이다."

"하지만 태사조님, 그 아인 이미 작지 않은 부상을……."

"상관없다. 그런 것에 신경 쓰지 않아도 된다. 놈이 광분하도록 만들기만 해라!"

"……?"

머뭇대던 청연이 얼굴에 그늘을 드리운 채 대답했다.

"명을 받들겠사옵니다."

평소에 모질지 못한 청연이었다. 예의 바르고 착하며 정직하기가 끝 간 데 없는 인간. 게다가 사문 존장의 말이라면 하늘의 명처럼 여기는 청년.

"흠, 좋아! 이 일은 비밀이다. 너만 알고 있어야 한다. 너희들도!"

무양이 지목하자 유운, 유수가 얼른 머리를 조아렸다.

"명심하겠습니다, 사조!"

*　　　*　　　*

한 시진의 시간이 순식간에 흘러갔다.

바글바글 인파로 들끓는 대회장. 시간이 되자 단상의 좌석도 하나둘 채워졌다.

무양, 명원과 먼저 도착한 구대통이 느긋이 의자에 앉아 있다가 올라오는 남궁산을 보고 비꼬았다.

"속이 편하겠구나? 네 아들이 놈을 상대하지 않게 되어서."

"놀리지 마십시오. 아들이 졌는데 맘 편한 부모가 어디 있습니까. 오히려 삼성께서 속으론 더 잘됐다고 생각하고 계시는 것 다 압니다. 흥!"

"너, 솔직히 말해 봐. 일부러 아들놈에게 져 버리라고 수작부린 거 아냐?"

"왜 이러십니까? 보서 놓고. 명백히 무당파 청연이 더 강했습니다."

"웃기는 소리! 승부를 가른 건 종이 한 장 차이였어."

"뭐, 그렇게 말씀해 주시니 위로는 됩니다만. 그나저나 최종 비무가 가능하기나 하겠습니까? 그 아이, 많이 다치지 않았습니까."

"나올 게야. 그런 기운을 지닌 만큼 독종이거든."

"하지만 머리털도 안 보이는데요."

남궁산이 별원 방향을 두리번거리곤 낄낄댔다.

"흐흣, 이거 낭왕 선배의 신공이 날아가는 것 아닙니까?"

모두에게 천명한 약속이었던 만큼 우승자가 나오면 수여해야 한다는 뜻이었다.

애초 삼성과 낭왕의 계획은 영마 처단을 이유로 중도에 대회를 중단시키는 것이었다. 한데 이 시점 심상찮은 부상을 당한 궁외수가 기권해 버리면 자동적으로 청연이 우승자로 결정되고, 그러면 어김없이 낭왕의 일원무극신공은 청연의 차지가 되는 것이었다.

남궁산이 즐거워 죽겠다는 듯 입까지 가리고 키득댔다.

그때 사람들의 함성이 들렸다. 대회장 끄트머리에 편가연 등과 함께 궁외수가 모습을 드러낸 것이었다.

"왔군!"

구대통의 눈길이 지그시 내리눌렸다.

"어떡하냐? 네놈 기대대로 될 일은 없을 듯한데?"

구대통의 놀림에도 남궁산의 관심은 온통 궁외수의 상태에 쏠려 있었다.

낭왕 염치우도 걸어오는 외수를 뚫어져라 노려보고 있었다.

사람들의 함성이 점점 커졌다. 최후의 승자를 확인할 수 있게 된 기대감을 떠나갈 듯한 환호로 표출하는 사람들.

그 환호는 외수를 마치 사지에서 돌아온 영웅처럼 보이게 했다. 거기다 옆에 극월세가의 가주이자 화용월태의 절세미인인 편가연까지 나란히 걷고 있어 더욱 그를 돋보이게 했다.

비무대 앞에 도착한 외수를 반야가 가장 먼저 반겼다.

"궁 공자님……."

말을 이어가지 못하는 반야. 대신 미기가 물었다.

"괜찮아? 멀쩡해 보이네."

외수가 피식 웃고 고개를 끄덕였다.

"저 인간, 이길 수 있겠어?"

미기가 가리킨 사람은 무당파 청연이었다. 반대편 계단에서 미리 올라갈 준비를 마치고 있는 사람. 약간 푸른빛이 도는 회색 도복을 입었지만 큰 키에 인상이 훈훈해 보이는 그였다.

외수가 물끄러미 쳐다보다 문득 시시에게 말했다.

"시시, 장포를 벗겨줘!"

시시는 비무할 때 거추장스러워 그러나 보다 싶어 얼른 장포를 벗겨주었다.

그런데 외수는 칼을 찬 도대까지 풀어 시시에게 건넸다.

"이것도 받고 장포는 이리 줘!"

단상으로 올라가지 않고 외수 곁을 지키고 있는 편가연이 고개를 갸웃거리며 무얼 하는지 궁금해했다.

그런데 외수는 더 알 수 없는 짓을 했다. 도대의 칼집에서 칼만 뽑아낸 그가 갑자기 칼로 장포를 반으로 북 찢었다.

"공자님, 장포는 왜?"

외수는 편가연의 의문을 무시하고 시시에게 칼을 건넸다.

"들고 있어!"

느닷없이 찢은 장포를 다친 왼팔에 둘둘 감는 외수.

모두 영문을 몰라 어리둥절해 하고 있을 때 심사관 남궁천의 호명이 이어졌다.

"무당파 청연! 극월세가 궁외수!"

외수는 두툼한 정도를 넘어 불룩해져 버린 장포가 풀리지 않도록 끝을 손아귀에 꽉 말아 쥐고 시시가 들고 있던 칼을 다시 받았다. 그리곤 곧바로 비무대 계단을 향해 걸어갔다.

"공자… 님?"

시시도 편가연도 무결도 멍하니 쳐다보기만 했다.

외수의 모습은 우스꽝스러웠다. 둔해 보일 정도로 장포를 둘둘 감은 왼팔. 그리고 오른손엔 칼집도 없는 이 빠진 칼을 든 모습.

무결은 뒤늦게 외수가 팔에 장포를 감은 이유를 알았다.

"흠, 착완순(捉腕盾)을 생각한 거였군."

"착완순? 그게 뭐죠?"

무결의 혼잣말에 편가연이 궁금해했다.

"가죽에 쇠를 덧대어 팔에 차는 방호구(防護具)야. 도검으로부터 팔을 보호하는."

"하지만 장포는 천일 뿐인데?"

"천도 저렇게 두툼하게 말면 어느 정도 보호 작용을 하겠지."

편무결이 빙긋이 웃었다.

"후훗, 역시 특이하면서도 비상한 친구야. 어떻게 저렇게 할 생각을 했지?"

단상의 구대통이 외수를 보고 어이없어 하고 있었다.

"저건 또 뭐야? 웃기는 놈! 다친 팔이라 저렇게 보호하겠다는 거야?"

코웃음 치는 구대통. 그러나 낭왕 염치우는 의미심장한 시선을 보내고 있었다.

비무대에 마주선 청연도 기이하단 기색을 비쳤다. 하지만 내색하지 않고 인사부터 했다.

"극월세가의 존귀하신 분을 마주하게 돼서 영광입니다. 무당파의 제자 청연이라 합니다."

한참 윗줄의 나이임에도 지나칠 정도의 깍듯한 인사.

외수는 의아했으나 일단 손을 모아 정중히 마주 인사를 했다.

"뛰어난 무위, 그간 잘 감상한 바였소. 궁외수라 합니다."

잠시 감상하듯 은은한 눈길로 외수의 얼굴을 뜯어보는 청연. 마치 뇌리 속에 기억하겠단 것처럼 보였다.

"궁 공자, 제가 궁금한 것이 있어 그러는데, 비무를 시작하기 전에 실례가 아니라면 한 가지 물어봐도 되겠습니까?"

"혹시 이것 말입니까?"

외수가 장포를 둘둘 감은 팔을 들어 보였다.

"그렇습니다. 상처를 보호하기 위해 그런 것입니까?"

"후훗, 아니오!"

"그럼 어째서……?"

"솔직히 말하자면 나는 이제 더 보여줄 것이 없는데, 모조리 노출되어 버려서 말이오. 나름 당신을 상대할 방법을 궁리하다가 이렇게 했소."

"아하, 그런 뜻이었구려. 이제야 궁금증이 풀렸습니다. 어쨌든 숨겨야 할 수단까지 제가 알게 된 꼴이라 미안합니다."

"후후후, 미안하단 말보다 조심하시오. 인정사정 봐주질 않을 테니까."

뜻밖의 말에 다시 물끄러미 외수를 응시하는 청연. 이 순간 태사조 무양과 구대통, 명원신니가 당부한 말들이 떠올랐다.

의도적인 것인지는 모르나 조금은 사악해 보이기도 하는 미소를 짓고 있는 궁외수.

"다친 곳은 어떠합니까?"

끝까지 존대를 하는 청연이었다.

"보다시피 말짱하오."

"잘되었구려. 나 역시 검을 거칠게 써볼까 했는데 공평하 겠습니다."

다른 비무 상대자를 대할 때와 비교하면 이상하리만큼 자신을 굽히고 있는 청연. 이유가 있었다.

청연은 열세 살에 입문해 십오 년간 무당의 검을 익혀왔다. 남들보다 조금 늦은 나이에 입문했기에 더 열심히 했고, 좋은 스승까지 만나 훌륭한 지도를 받으며 수련을 쌓을 수 있었다.

청연은 항상 자신이 행운아라고 생각했다.

찢어지게 가난한 집안에 태어난 자신이었다. 그런데 궁핍한 살림에 자신만 멀쩡했다. 둘 있는 동생은 장애를 갖고 태어나 걷지도 못하는 앉은뱅이였고, 부모님은 두 분 다 귀에 문제가 있어 듣질 못하는 분들이었다. 그래서 입 하나라도 덜어보자고 집을 나서 무당산에 든 것이 이런 영광을 누리고 있다.

청연은 극월세가를 기억한다. 한 해의 마지막 달을 가리키는 극월이지만, 청연은 4월의 극월, 6월의 극월, 그리고 그 외다른 달의 극월도 기억한다.

비록 소량이긴 했으나 한 달에 한 번, 혹은 보름에 한 번 어김없이 구호 식량을 가져와 방에 밀어놓고 갔던 장사꾼들. 그들이 아니었다면 자신을 비롯한 가족들은 한 명도 살아남지 못했을 것이었다.

어찌 자신들뿐일까. 인근의 모든 굶주린 이가 그들의 구호로 연명했던 기억이 있었다.

어릴 적 가슴에 심은 이름, 극월세가. 그런데 하필이면 그 이름을 비무대에서 마주하게 되었다.

운명이라기엔 도망이라도 쳐 외면해 버리고픈 상황.

그러나 어쩔 수 없었다. 어찌 먹여주고 가르쳐 준 태사조의 명을 거역하랴.

청연은 천천히 검집을 벗겨냈다.

"후훗, 그것참. 진짜 알 수 없는 인간이란 말이야."

무대 아래 편무결이 혼자 웃으며 중얼대자 시시가 즉시 물었다.

"뭐가 말이에요, 무결 공자님?"

"저 인간, 네 주인 말이다. 도대체 뱃속에 뭐가 들어앉은 걸까? 분명 지금 상대는 앞서 자신을 괴롭혔던 초여선보다 한 수 위의 인물인데… 누구와 마주 서도 당최 긴장하거나 두려워하는 기색이 없어. 오히려 더 느긋해! 뭘까? 어떻게 저럴까? 진짜 이해가 안 돼! 완전 집중 연구 대상이야."

"호호, 칭찬을 묘하게 하시는군요. 부러우신가요?"

"그래. 부럽기도 하고 감탄스럽잖아. 지금까지 내가 본 괴상한 인간들 중 단연 저 인간이 으뜸이야. 흐흐흐!"

무결이 흡족한 웃음을 흘리자 시시도 기분이 좋아졌다.

검을 든 청연이 외쳤다.

"궁 공자, 준비되셨습니까?"

끄덕.

"그럼 후회 없는 한판을 벌여봅시다."

휘익!

청연이 무서운 기세로 뛰어오르자 외수가 마주 앞으로 달려 나갔다.

그 순간의 단상 구대통과 무양, 명원은 의외로 느긋한 태도를 보이고 있었다. 세 사람은 이번에야 말로 궁외수의 마성을 끌어낼 수 있을 것이라 확신하고 있었기 때문이다.

청연의 무위가 자신들이 예상했던 것보다 한참 위에 있었고, 초여선에게 고전했던 외수를 생각하면 그럴 가능성이 충분히 높다고 믿었다.

그러나 비무가 시작되고 얼마 후, 삼성은 자신들의 예상이 전혀 엉뚱한 방향으로 흐르고 있음을 알았다.

청연의 일방적인 우세 속에 외수가 폭발할 것이란 믿음이 보기 좋게 빗나갔다.

어처구니없게도 궁외수가 청연과 대등하게 싸울 뿐 아니라 오히려 간간이 청연을 몰아붙이기까지 하고 있었다.

"뭐야? 왜 저래?"

구대통이 자신의 눈으로 보면서도 의심을 했다.

믿을 수 없는 일이 벌어지는 비무대.

외수는 '투귀(鬪鬼)' 같았다. 화려하진 않았지만 부상을 안고 있는 사람이 맞는지 의심스러울 만큼 용맹무쌍 거침이 없었다.

외수가 모두를 놀라게 한 이유. 그것은 그의 싸움 방식에 있었다. 놀라운 투지도 투지였지만 장포를 감은 왼팔로 마치 두 개의 칼을 사용하듯이 청연이 내뻗어오는 검격의 거의 절반을 무력화시키고 있었다.

그것에 청연은 당황했다. 처음 겪어보는 싸움 방식. 그가 괴상한 방식으로 싸운다는 건 관전을 통해 확인한 바였지만 자신과 대적한 지금의 궁외수는 또 달랐다.

쌍검이나 방패, 방호구 등을 사용하는 사람과 대적을 안 해 본 것은 아니었다. 그러나 궁외수의 왼팔은 너무도 절묘하게 검로를 방해했다.

그러고 나서 취해오는 역공. 그 탓에 도리어 청연은 손발이 뒤엉키기 일쑤였다.

청연은 혼신의 힘을 다했다. 그러나 격돌이 길어질수록 깨닫는 게 있었다. 일검에 제압하지 못하면 점점 더 제압할 기회가 없어지는 상대라는 것을.

싸움의 감각을 타고난 인간. 무공의 고하를 떠나 일단 격돌이 시작되면 본능적으로 어떻게 대처하고 어떻게 싸워야 하는지 아는 그런 인간.

청연은 무서움을 느꼈다. 반면 자신은 초라하게 느껴졌다. 그에 비하면 항상 주목받고 칭찬받아온 자신의 재능은 아무것도 아니었다.

청연은 힐끔 단상의 무양과 구대통 등을 쳐다보았다.

그들이 당부한 명.

최선을 다하지만 이행이 불가능할 듯했다. 광분케 할 자극은커녕 옷깃조차 건들지 못하고 있었다.

카카캉! 캉캉캉!

밀고 밀리며 끝날 것 같지 않던 격돌. 그러나 두 사람 모두 숨이 차고 옷이 땀에 젖을 즈음부터 눈에 띄게 청연의 밀리기 시작했다.

그 시점부터 단상의 무림삼성은 모두 일어서 있었다.

불길한 예감.

이 시대 최고의 고수들이라는 그들이 돌아가는 판국을 모를까. 검왕 남궁산도 벌떡 일어나 있었다.

"이런 말도 안 되는 일이······?"

예감이 아니라 현실의 결과로 종결될 듯한 상황을 보며 구대통이 넋을 놓았다.

그 중얼거림을 들었는지 못 들었는지 낭왕 염치우는 의자에 꼼짝도 않고 앉은 채 매의 눈을 번뜩이고 있을 뿐이었다.

"와아아아아!!"

사람들의 엄청난 함성이 터져 올랐다. 드디어 최종 비무자들의 결과가 나타난 것이다.

누군가 외쳤다.

"그, 극월세가 궁외수 공자가 이겼어! 세상에!"

"극월세가 만세! 궁외수 만세!"

여기저기 터져 오르는 사람들의 고함 소린 청연이나 외수에겐 들리지 않았다.

고개를 돌린 청연이 한곳을 응시하고 있었다. 그의 눈이 머문 자리엔 한 자루 검만 덩그러니 꽂혀 있었다.

비무대 아래 청석 바닥을 뚫고 꽂힌 검. 외수의 칼에 날아간 청연 자신의 검이었다.

땀 때문에 달라붙은 옷은 물론 후끈한 열기까지 피어나는 몸뚱이. 청연은 천천히 고개를 돌려 자신의 목에 칼을 겨운 궁외수를 보았다.

졌다. 결국 아무것도 하지 못했다. 자신이 궁외수에게 남긴 흔적이라곤 너덜너덜해진 왼팔의 장포뿐.

외수를 응시하던 청연이 천천히 눈을 떨어뜨리고 손을 모아들었다.

"위대한 일대종사의 자질을 경험하게 된 것, 무한한 영광이었습니다."

"……."

외수가 대꾸하지 않았다. 겨눈 칼도 거두지 않고 매서운 눈
매로 노려보기만 했다.

"궁 공자……?"

청연이 다시 중얼거렸을 때 비로소 외수는 천천히 칼을 거
두었다. 그러나 변하지 않는 차가운 눈매. 외수는 일언반구도
없이 돌아섰다.

외수가 칼을 거두고 돌아서가자 사람들의 함성은 더 커졌
다. 그리고 내려가는 쪽으로 모두 우르르 몰려들었다.

그 바람에 외수를 맞이하려던 편가연과 시시, 미기와 반야,
무결이 이리저리 떠밀렸다.

"편 가주님, 축하드립니다. 얼마나 좋으세요? 하하하!"

"으하하하, 세상에! 다 이기고 우승했어요. 하북팽가 팽소
민부터 화산파 백도헌, 위지세가 위지강, 그리고 오늘은 해남
검각 초여선과 무당파 청연 도사까지! 그 쟁쟁한 후기지수들
을 다 말이에요. 상까지 걸려 더 치열한 대회였는데. 으하하
하! 정말 축하드립니다."

마치 자기들이 우승한 것처럼 기뻐하며 너도나도 달라붙
어 축하를 건네는 통에 편가연은 발그레 상기되었다. 기분 좋
은 흥분. 날아갈 것 같은 편가연이었다.

거기에 궁외수가 내려와 앞에 마주하게 되자 사람들은 더

더욱 열광했다.

"편가연 가주님 만세! 궁외수 공자님 만세!"

부끄럽고 흥분되고.

그때 대회 진행자의 고함이 들렸다.

"이번 대회 우승자 궁외수 공자는 단상으로 오르라!"

외수의 고개가 단상 쪽으로 향했다. 낭왕이 남궁산 가주와 뚫어지게 내려다보고 있었다.

"이봐, 비켜! 비켜! 궁외수 공자님 지나가시게!"

사람들이 알아서 길을 열었다.

외수는 망설임 없이 단상을 향해 걸었다.

남궁산이 단상을 향해 오는 그를 보며 지그시 야릇한 미소를 지었다. 낭왕이 일원무극신공 비급을 꼼짝없이 넘겨주게 된 상황이 웃음을 나오게 하는 탓이었다.

자기들 꾀에 자기들이 넘어간 꼴.

남궁산은 비록 궁외수가 영마라는 부담이 남았지만 그거야 무림삼성이 달리 처리할 일이라 여겼다. 대회가 무사히 넘어간 것만 생각하기로 했다.

'후후후, 알아서 하겠지. 설마 달리 처리할 방법이 없겠어. 천하의 무림삼성이?'

속으로 낄낄대는 남궁산이 슬그머니 구대통을 비롯한 삼성의 눈치를 살피고 있을 때, 꼼짝 않고 있던 낭왕이 천천히 자리에서 일어났다.

딱딱하게 굳은 얼굴. 삼성의 표정과 다를 바 없었다.

드디어 단상으로 올라선 궁외수. 조금의 거침도 없이 상을 건 낭왕 앞에 섰다.

노려보는 낭왕.

구대통과 무양, 명원도 무서운 안광을 번뜩이며 노려볼 뿐 굳게 입을 닫고 있었다.

"......."

말이 없었다. 낭왕도 외수도. 마치 무언의 싸움을 하는 듯 했다.

외수를 노려보던 낭왕이 슬며시 고개를 돌려 엉뚱한 곳을 바라보았다.

사람들 속의 손녀 반야.

잠시 그녀를 응시한 낭왕은 비로소 품속으로 손을 가져갔다. 그리고 천천히 꺼내드는 일원무극신공.

와아아아.

책이 건네지기도 전에 사람들이 함성부터 질렀다.

결국엔 내밀어지는 책.

"고맙소!"

외수의 반응은 그것뿐이었다. 책을 건네받자마자 외수는 볼일 다 봤다는 듯 돌아서 단상을 내려갔다.

우승자에 대한 축사 한마디 없었지만 사람들의 열렬한 환호는 끝이 없을 정도로 계속되었다.

"굉장히 못마땅한 표정이시구려. 아까운 게요?"

남궁산이 낭왕에게 던진 말이었다.

"……."

여전히 말이 없는 낭왕. 그 역시 돌아보지 않고 단상을 성큼성큼 내려갔다.

"우하하하! 해냈구나, 해냈어!"

외수가 낭왕의 일원무극신공을 받아들고 내려오자 편무결이 호들갑스럽게 떠들어댔다.

"자, 어서 가자고. 오늘은 진짜 술판을 벌여야 해! 코가 삐뚤어지도록 말이야. 하하하!"

외수는 편무결의 손에 이끌려 사람들 속을 이동해 갔다.

조금이라도 더 보려고 따라붙는 사람들. 그들 뒤로 미기와 반야만 남았다.

"끝났군. 정말 녀석이 네 할아버지의 신공을 차지해 버렸어!"

사람들 속에서 멀어지는 외수를 보며 중얼대는 미기.

"우리도 이만 갈까?"

이제 할 일이 없어진 두 사람이었다. 반야가 물끄러미 서 있다가 고개를 끄덕였다.

"네. 가요."

아무렇지 않은 듯 미기의 팔을 잡는 그녀였으나 미기는 우울해하는 그녀의 마음을 읽고 있었다.

말없이 걷는 미기. 반야 역시 말이 없었다.

별원으로 돌아온 외수는 다시 치료를 받아야 했다. 봉합했던 곳들이 다시 다 터져 버린 탓이다.

더 이상 비무할 일이 없어 외수는 꽤 오래 안정적으로 치료를 받았고, 치료를 받는 사이 자기도 모르게 잠이 들어 버렸다.

"어머, 주무시나 봐요."

치료 과정을 돕고 있던 시시가 외수의 고른 숨소리를 확인했다.

"후훗, 이 친구 무척 피곤했던 모양이군. 치료가 아팠을 텐데."

편무결의 웃음에 편가연도 안쓰럽단 듯 내려다보았다.

"뭐야 이거? 멋지게 축하를 하려고 했더니. 느낌이 오래 잘 것 같은데? 후후후!"

무결의 말처럼 마무리를 한 의원이 돌아갈 때쯤 어둠이 내렸고 그 후에도 외수는 깨지 않았다.

*   *   *

구대통은 도끼눈을 뜨고 식식거렸다.

"네놈, 승부를 양보했던 것이냐?"

불려온 청연이 죄인처럼 고개를 들지 못하고 있었다.

"제자는 최선을 다했습니다."

"한데 어째서 마지막 결정적 기회에서 검이 흔들렸느냐?"

"그것은 저의 자질과 수련이 부족해서……."

구대통은 분하다는 듯 식식대는 콧바람을 멈추지 못했다.

보고 있던 무양이 나섰다.

"되었다. 고생했으니 나가보아라. 앞으로 더 정진하고!"

"되긴 뭘 돼? 죽도 밥도 안 됐는데. 낭왕의 비급만 홀라당
빼앗겼잖아!"

성을 못 이기는 구대통.

"결과가 그런 걸 어찌하느냐. 누굴 탓해? 놈이 그처럼 강해
져 버린걸. 다른 수를 찾아야지."

"다른 무슨 수?"

"생각해 봐야지."

듣고 있는 청연은 궁금했다. 도대체 무엇 때문에 이러는
지. 그와 무엇으로 얽혀 있기에 삼성이 이처럼 안절부절못하
는 것인지.

"너는 나가보라니까!"

"예, 그럼!"

무양의 말에 청연이 머리를 조아린 뒤 물러났다.

"골치가 아프군요. 낭왕은 또 어떻게 하려는지. 그가 나서

주면 제일 깔끔한데."

시무룩하게 앉아 잇던 명원의 말이었다.

*　　　*　　　*

"할아버지, 떠날 건가요?"

방 안의 부스럭거리는 소리를 듣고 있던 반야가 물었다.

"그래."

짐을 챙기고 있던 낭왕이 대답했다.

"어디로요?"

"당분간 부오산으로 돌아가 있을까 한다."

"당분간이요?"

"그래."

반야는 당분간이란 말에 의문이 들었지만 더 묻지 않았다.
다만 다시 부오산을 나온다면 그것이 궁외수 공자 때문이 아
니기를 간절히 바랐다.

"할아버지, 여쭤보고 싶은 게 있어요."

"무엇이냐?"

"할아버지의 무공은 굉장히 난해하고 어렵다고 알고 있는
데 비급을 받은 궁외수 공자가 혼자 익힐 수 있을까요?"

짐을 챙기던 낭왕의 손길이 잠시 우뚝 멈췄다. 궁외수의 이
름이 튀어나온 탓이다.

"글쎄다."

"할아버지?"

"말해라."

"할아버지께서 상으로 신공을 내걸었고, 그가 우승을 해서 받았으니 어쨌거나 그가 할아버지의 전인이 된 것이나 마찬가지잖아요."

"……."

"그래서 드리는 말씀인데……."

침대에 다소곳이 앉은 반야는 할아버지 낭왕이 내는 소리에 귀를 기울이며 조심스레 말을 이었다.

"그냥 할아버지께서 그에게 신공을 가르쳐 주시면… 안 되나요?"

어떤 소리도 내지 않는 낭왕.

반야가 다시 중얼거렸다.

"그가 혼자 익히려면 고생할 텐데……."

"그 녀석이 고생하는 게 마음에 걸리느냐?"

"네. 조금요."

"왜?"

"저를 구해준 사람이잖아요. 좋은 사람이에요. 착하기도 하고."

"……."

"할아버진 그가 싫으세요?"

"그만 자거라. 내일 일찍 떠날 것이다."

못 들은 척 외면하며 다시 바쁘게 손을 놀려 짐을 챙기기 시작하는 낭왕.

시무룩해진 반야.

"싫어하시는군요. 할아버진!"

"그만 자라니까!"

윽박지르듯 화가 섞인 음성.

놀란 반야의 눈에 금방 글썽글썽 눈물이 맺혀 올랐다.

벌떡 일어나 방을 찾아 들어가는 반야.

그녀가 들어가고 난 뒤에야 낭왕이 돌아보았다. 애잔한 가슴. 그는 차마 하지 못한 말을 혼자 속으로 되뇌었다.

'바보 같은 녀석. 그놈은 안 돼. 그놈만은.'

반야는 이불을 뒤집어쓰고 울었다.

할아버지 때문에, 그리고 궁외수 때문에 자꾸만 눈물이 났다.

＊　　　＊　　　＊

외수가 잠에서 깬 건 자정이 다 되었을 무렵이었다.

"음. 나도 모르게 잠들었나 보군. 시시, 시간이 얼마나 됐지?"

"자정이 가까워요."

시시는 붕대를 감은 맨몸으로 주섬주섬 일어나는 외수를 부축하며 미소를 지었다.

"여태 여기 앉아 있었던 거야? 다른 사람들은?"

"무결 공자님께선 저녁식사 후 돌아가셨고, 아가씨께선 조금 전에 침실로 드셨어요."

"넌 왜 안 자고 있어?"

"아직 잠이 오지 않아서요. 그것보다 목이 타실 텐데 여기 물부터 드세요."

외수는 시시가 건네는 물을 단숨에 들이켰다.

"식사도 준비해 뒀어요. 일어나 조금 걸으실 수 있겠어요?"

"당연하지."

외수는 시시가 준비한 희고 얇은 윗옷을 걸치며 일어나다가 침대 옆 작은 탁자 위에 놓인 책에 눈을 주었다.

낭왕의 내공 비급.

외수는 책을 집어 들고 시시를 따라 식탁으로 가 펼쳤다.

"음……!"

심각한 표정.

"왜 그러세요?"

한동안 심각한 표정으로 들여다보던 외수가 고개를 들고 씨익 웃었다.

"글공부를 더 열심히 해야겠어!"

책에 문제가 있는 줄 알았던 시시가 살짝 눈을 흘기며 웃었다.

"그래요. 혼자서 읽을 수 있을 때까지 제가 열심히 가르쳐 드릴게요."

"조금만 읽어봐!"

내용이 궁금한 외수는 책을 주고 숟가락을 들었다.

"일원무극공……."

책을 살펴보는 시시.

"다른 설명 없이 바로 본론을 시작했네요. 응? 그런데 이게……?"

"왜 그래?"

고개를 갸웃하곤 다시 한 번 꼼꼼히 들여다보는 시시.

"무, 무슨 말인지 이해를 못하겠어요. 하나도!"

"읽어봐!"

"음……. 전정(前頂)에서 상성(上星)으로, 태단(兌端)에서 요양관(腰陽關)으로, 뇌호(腦戶), 풍부(風府)를 거쳐 백회(百會)에서 집(集)하고… 후정(後頂), 대추(大椎), 도도(陶道), 신주(身柱), 영태(靈台), 지양(至陽)을 휘돌아 중추(中樞), 명문(命門)에서… 각각 결(結)한다."

"……?"

듣고 있던 외수가 숟가락을 든 채 어벙해졌다.

"혈도의 이름과 경로 같은데 다른 설명이 없어요. 공자님, 알아들으시겠어요?"

알아들을 리가 없다. 혈도도 모를뿐더러 혈도를 안다고 해도 이런 식의 설명은 외수 혼자 수련할 길이 없는 것이다.

시시는 책을 빠르게 넘겨보았다. 하지만 뒤에도 똑같은 식이었다.

시시가 고개를 절레절레 저었다.

"이건 아무래도 일원무극공을 아는 사람만이 이해할 수 있는 내용 같은데?"

인상을 쓰는 시시. 낭왕이 장난친 것 같단 생각을 시시는 지울 수 없었다.

"음, 좀 더 읽어봐!"

표정을 찾은 외수가 묵묵히 숟가락을 놀렸다.

"승장(承漿), 염천(廉泉)에서 일각(一刻)을 머물고, 건리(建里), 선기(璇璣), 중정(中庭)에서 생성, 옥당(玉堂), 단중(亶中), 화개(華蓋)를 돌아 천돌(天突)에서 합일(合一)한다. 극천(極泉), 청영(靑靈), 소해(少海), 영도(靈道), 통리(通里)… 그리고……."

"됐어! 그만해!"

"……?"

읽기를 그친 시시가 울상을 했다.

"공자님, 아시겠어요?"

"아니, 전혀! 하지만 아는 날이 오겠지!"

외수는 조금 실망했지만 자기가 무식해서 그렇다고 생각했다.

"천천히 하지 뭐. 밥이나 먹자고."

덤덤한 외수.

외수는 밥을 먹고 다시 잠들었고, 그가 깨어난 이른 아침에 편가연과 시시도 깼다.

"공자님, 몸은 어떠셔요?"

편가연이 시시의 시중을 받으며 방을 나오다 먼저 일어나 있는 외수를 확인하곤 물었다.

"개운해! 왼팔만 불편할 뿐! 오늘 떠나는 거야?"

"일정은 그랬지만 늦추는 게 좋을 것 같아요. 공자님의 회복이 먼저니까요."

"그럴 필요 없어."

"네?"

"움직일 수 있어! 봤잖아, 비무도 치렀는걸 뭐. 조정하지 말고 일정대로 해. 아, 그것보다 가는 길에 잠깐 들릴 데가 있는데. 다음 행선지가 금릉이라고 했지?"

"네. 그렇긴 한데, 들릴 곳이요?"

편가연도 시시도 동시에 어리둥절해 했다. 외수가 들릴 곳이 있을 리 없었기 때문이다.

"사성 관부에 들러야 하는데 금릉과 멀어?"

"아니요. 가는 길이긴 합니다만… 사성 관부엔 왜?"

편가연의 어리둥절한 표정을 보며 외수가 씩 웃었다.

"돈을 준다더군. 낭왕의 손녀를 납치했던 놈들 우두머리에게 현상금이 꽤 많이 걸렸었다고."

놀란 얼굴의 편가연.

"현상금? 현상금을 받으러 가시겠다고요?"

"응, 황금 열 냥은 충분히 될 거라더군."

"돈이라면 제가 드릴 수도 있는데."

"으응? 그렇게 많은 돈을 왜 네가 내게 줘?"

편가연의 얼굴이 굳어졌다. 외수는 몰랐지만 시시는 그 이유를 알고 있었다.

"잘됐네, 가는 길이면. 어쨌든 거기도 들러야 하니까 일정 늦출 필요 없어."

"알겠어요. 그럼 그리 알고 저는 잠시 후 본관으로 가서 남궁 가주께 떠난다는 인사를 드리고 오겠습니다."

편가연이 바깥바람이라도 쐬려는 듯 밖으로 나갔다.

그러자 시시가 눈치를 줬다.

"왜? 내가 뭘 실수했어?"

"아니요. 실수라기보다 아가씨의 입장을 배려하지 않으신 것 같아요."

"그게 뭔데?"

"음……."

시시가 외수를 보며 잠시 망설이다 대답했다.

"아가씨의 신분, 그리고 공자님의 신분을 생각해 보세요. 그녀의 부군이자 대극월세가의 주인 되실 분께서 현상금 사냥꾼처럼 일개 지방 관부에 돈을 타러 간다는 것이 어떤 의미인지. 금액의 크기는 중요하지 않아요."

"……."

듣고만 있는 외수.

"그리고 공자님께서 왜 돈을 아가씨가 주냔 말에도 아가씬 무척 속상하셨을 거예요. 그건 남처럼 여긴다는 말이잖아요. 아가씨께선 그것 이상으로 생각하실 텐데 당연히 많이 서운하시겠죠."

시시의 설명에 외수는 말없이 혼자 고개를 젓고 말았다. 이해가 안 된다는 뜻인지, 자기가 잘못했다는 뜻인지.

*　　　　*　　　　*

낭왕은 기분이 찜찜했다. 밤사이 꿈자리가 나빴던 탓이다.

들개 떼에 속절없이 갈기갈기 물어 뜯겨 죽는 꿈.

팔다리가 뜯겨 나가고 갈비뼈에 내장까지 뜯어 먹히는 꿈이 너무도 뒤숭숭해 낭왕은 깨고 난 이후에도 한동안 자리에서 일어나지 못했다.

"아직 자느냐? 이제 그만 일어나라!"

해가 비치기 시작한 아침. 낭왕이 기척이 없는 손녀의 방문을 열었다.

"……?"

텅 빈 방 안. 침대 위 흐트러진 이불만 있을 뿐 온기조차 남아 있지 않았다.

"이 아이가?"

집 안 이곳저곳을 둘러봤지만 있을 턱이 없었다.

낭왕은 즉시 자신의 행낭과 도끼를 챙겨들고 날듯이 별당 밖으로 뛰쳐나왔다.

그리고 이곳저곳을 확인하며 한참을 달려가다가 멀리 담장을 따라 꼬물꼬물 움직이고 있는 손녀를 발견하곤 멈칫 걸음을 멈추었다.

"……?"

혼자였다. 담장 벽을 조심조심 짚어가며 어디론가 가고 있는 반야. 어깨엔 자기의 작은 행낭까지 걸고 있었다.

'어딜?'

어디로 가는 것인지 궁금하던 낭왕은 앞을 확인하곤 바로 그녀가 가는 곳을 알았다.

별원.

낭왕은 정신이 아찔했다. 충격에 손발이 떨리고 머릿속이 하얗게 빈 기분이었다.

혼자서, 앞도 못 보는 아이가.

낭왕은 가슴이 답답해 달려가 잡을 엄두조차 내지 못했다.

*　　　*　　　*

별원 마당은 북새통이었다. 커다란 마차. 그리고 사십여 필의 말. 그리고 사람들도 또 그만큼 있었다.

극월세가 일행이 떠날 채비를 갖추는 중이었다. 담곤 호위장만 대동하고 남궁세가 가주와 오대세가 총수들에게 작별 인사를 나누러 간 편가연만 돌아오면 바로 출발할 참이었다.

"어머, 반야 아가씨잖아요?"

시시가 별원의 문간을 더듬으며 들어서고 있는 반야를 발견하고 외수에게 말했다.

백설의 등에 자신의 짐을 올려놓다가 달려가는 시시를 따라 돌아보는 외수.

"반야 아가씨, 어쩐 일이세요? 어머, 혼자서?"

뒤에 아무도 따라오지 않는 걸 확인하고 얼른 반야의 손과 팔을 잡는 시시.

"죄송해요. 귀찮게 해드려서."

활기를 잃은 목소리.

"아니에요. 무슨 그런 말씀을. 그런데 어쩐 일이에요. 여기까지 혼자 오신 거예요?"

끄덕끄덕.

"왜요?"

"작별 인사를 하고 싶어서……."

시시가 어리둥절해 하고 있을 때 외수가 다가섰다.

반야는 그의 접근을 바로 알아차렸다.

"궁 공자님……."

하얗게 상기된 얼굴이 외수를 올려다보았다. 숨이 턱까지
차오른 그녀. 다른 사람이면 금방 올 거리를 새벽부터 더듬어
온 그녀였다.

외수도 놀란 눈치였다.

"무슨 일이야? 혼자 여길 온 거야?"

"네. 어제 작별 인사를 못 한 것 같아서……."

새까매진 반야의 손. 치마도 무릎 언저리에 흙먼지가 묻은
걸로 봐선 그녀 혼자 얼마나 더듬고 자빠지며 왔는지 알 만했
다.

외수는 왜 낭왕이나 주미기와 같이 오지 않았냐고 묻고 싶
었지만 속으로 삼키고 묻지 않았다.

"너도 떠나는 거야?"

"네. 할아버지께서 산으로 돌아……."

반야가 말을 잇지 못하고 고개를 떨어뜨렸다.

그리고 똑똑 굴러떨어지는 눈물.

놀란 시시가 가만히 지켜보다 설움과 애틋함이 섞인 눈물

임을 알고 소리 없이 자리를 피해주었다.

외수의 두툼한 두 손이 반야의 양쪽 팔을 조심스레 잡았다.

"반야! 부오산이라고 했지?"

외수는 반야의 고개가 다시 들리자 기다란 미소를 지어보였다. 크고 맑은 눈망울. 눈물을 맺고 있는 모양이 옹달샘 같았다.

"아무래도 조만간 한 번 가봐야 할 것 같아!"

"네?"

"네 할아버지에게 받은 책이 너무 어려워서 말이야. 그리고 네가 사는 곳이 어떤 곳인지 궁금하기도 하고."

"저, 정말 부오산에 오실 건가요?"

"그래. 그러니까 마지막이란 생각은 하지 마."

주르륵주르륵 쏟아지는 반야의 눈물. 펑펑 소리 내어 울지 않는 것이 다행이라 여겨질 정도였다.

외수는 반야의 손으로 옮겨 잡았다.

"그러니까 가자. 할아버지 있는 곳까지 데려다 줄게."

외수는 잡은 손을 자신의 팔에 걸쳐 놓고 그녀가 들어선 문을 향해 돌아섰다.

그때, 태산이 가로막듯 문밖에 우뚝 선 사람. 낭왕이 알 수 없는 복잡한 표정으로 외수를 노려보고 있었다.

"영감!"

"할아버지?"

"인사 끝났느냐?"

육중한 음성. 말은 손녀 반야에게 했지만 눈은 외수에게서 떨어지지 않았다.

외수 역시 그가 노려보는 만큼이나 독하게 마주 노려보았다.

"이리 오너라."

반야를 향해 내미는 낭왕의 손.

반야는 어쩔 수 없이 머뭇머뭇 외수의 팔을 놓고 솥뚜껑 같은 그의 손을 잡아갔다.

숙여진 반야의 고개.

낭왕도 말이 없고 외수 역시 입을 열지 않았다.

"할아버지……."

겁먹은 반야의 목소리.

그제야 낭왕은 쏘아보던 눈길을 거두고 돌아섰다.

"그만 가자!"

끌려가듯 할아버지를 따라 걷는 반야. 잠깐잠깐 돌아보는 그녀의 슬픈 눈망울에 외수를 담지 못하는 아쉬움이 걸음마다 흩뿌려지고 있었다.

*　　　*　　　*

남궁세가 인근의 야산. 며칠 전 모였던 인영들이 같은 자리에 다시 모여 있었다.

"준비되었느냐?"

크고 깊은 죽립에 면사까지 드리운 인물이 묻자 이마에서 뺨으로 이어진 긴 흉터를 가진 애꾸눈 사내가 대답했다.

"예, 명하신 대로 무망산에서 다섯을 불러 대기시켰습니다."

"특급살수들은?"

"합류 중이란 전갈입니다."

"좋아! 그러면 됐군."

면사 속 중년인이 흡족해하자 역시 면사를 늘어뜨린 젊은 사내가 걱정을 달았다.

"아버지, 닭 하나 잡는데 소 잡는 칼을 쓰는 것은 아무래도……"

"닭? 일 차 계획을 단독으로 허물어뜨린 놈을 닭이라 했느냐? 멍청한 녀석! 지금까지 뭘 보고 확인한 게야?"

"그래도 소자는 너무 일찍 드러내는 게 아닌가 우려되는 바가 있습니다."

더 깊게 일그러지는 중년인의 인상.

"지금 수단과 방법을 가릴 때냐? 그 아이가 영흥으로 돌아가 처박히면 이 계획의 완성은 그만큼 지연될 뿐이다. 세가로 돌아가기 전에 무슨 일이 있어도 끝장을 내야 한다. 만약 또 실패한다면 이 계획에 동참하고 지원하는 이들이 동요할 수도 있어! 아예 관계를 조용히 정리하려고 들지도 모르지. 그러니 끝내야 해. 이번엔 기필코!"

중년인의 열화에 그를 아버지라 부른 청년은 굳게 입을 닫았다. 그러나 입가에 붙은 불만은 좀처럼 떨어지질 않았다.

"곽추!"

"예, 가주!"

"습격할 장소는 충분히 답사했겠지?"

"예, 금릉으로 향하는 부오산 일대 고갯마루입니다."

"뭐, 부오산? 거긴 낭왕 염치우의 은거지가 있는 곳이 아니냐?"

"그렇긴 한데 확인한 바로는 낭왕이 금역으로 설정해 놓은 은거지와는 거리가 멀고, 또 그는 지금 남궁세가에 있지 않습니까."

"흠, 그래도 찝찝한데."

맘에 들지 않는 표정.

불만을 매단 청년이 말했다.

"설령 낭왕이 튀어나온다고 해도 무망산 '무령(武鈴)' 다섯이면 충분히 죽일 수 있습니다."

"흠! 그래도 그런 인간이 끼면 골치 아프지. 그를 죽이기라도 하면 무림 전체가 술렁일 테니. 무림맹에서 조사에 나설수도 있고."

중년인의 걱정에 애꾸눈 사내가 덧붙였다.

"가주! 할 수 없습니다. 그만한 장소가 없고, 또 낭왕이 나타날 확률도 아주 낮습니다."

중년인이 고개를 끄덕였다.

"그래, 할 수 없지. 흔적도 없이 지우면 되니까!"

무서운 발언이 오가고 있었다. 무력으로만 따졌을 때 무림삼성을 능가할지도 모른다는 최강의 인물을 너무도 쉽게 여기는 자들.

보이지 않는 핏빛 죽음의 그림자가 드리워지고 있었다.

*　　　*　　　*

"공자, 정말 마차를 안 타고 그렇게 가실 겁니까?"

호위장 담곤이 백설에 올라타는 외수를 보며 걱정을 매달았다.

"그렇소. 걱정 마시오. 난 괜찮으니까. 그것보다 호위하는 분들께 그 어떤 작은 움직임도 놓치지 말라 이르시오. 수상함이 느껴지면 즉시 보고하고."

"예, 벌써 단단히 일러두었습니다. 그런 일만 하는 녀석들이라 그런 눈치 하난 빠릅니다."

"만약 일이 터졌을 때의 행동 요령도 주지시켰습니까?"

"예, 공자! 적이 소수면 마차 보호! 적이 많고 강하면 무조건 마차를 호위해 앞으로 도주!"

"그렇소. 뒤는 내가 맡을 테니 그런 경우 무조건 세가를 향해 달리시오! 뒤도 돌아보지 말고!"

"알겠습니다, 공자!"

"그럼 출발하죠."

담곤이 말을 타고 맨 앞으로 가 전체 행렬에 출발 신호를 알렸다.

모두가 서서히 출발하는 그때, 시시가 마차의 창으로 얼굴을 내밀고 두리번거렸다.

"아이참, 왜 무결 공자님은 안 오시지?"

"시시, 시간을 더 지체할 순 없어. 얼굴 집어넣어!"

"네."

시시가 걱정한 편무결. 행렬이 남궁세가 정문에 도착했을 때 그가 거기 우두커니 서 있었다.

행낭을 매고 검을 든 모습.

대회가 끝났음에도 아직도 적잖은 사람들로 붐비고 있는 남궁세가 앞.

"아하하하, 왜 이제 나와? 한참 기다렸잖아!"

특유의 호방한 웃음.

"왜 여기 있는 거요? 안에서 기다렸는데."

외수가 백설 위에 앉은 채 말했다.

편무결의 목소리가 들리자 마차의 문을 열고 시시가 바로 튀어나왔다.

"무결 공자님, 어서 타세요."

무결이 묘한 미소를 짓고 마차로 향했다.

그런데 마차를 탈 것 같던 그가 문 앞에 멈춰 서서 안에 앉은 편가연을 향해 웃어 보였다.

"연아, 오라버닌 같이 갈 수 없다."

편가연이 웬 뜬금없는 소리냐는 듯 얼빠진 표정을 했다.

"하하, 난 할 일이 따로 있다. 그리고 아무리 불효자라도 나도 집에 들러 봐야지. 너무 오랫동안 떠나 있었잖아."

"……."

편가연이 얼굴 가득 섭섭함을 떠올리며 말을 잇지 못했다.

"조만간 영홍으로 찾아가마. 그때까지 조심하고."

"알겠어요, 오라버니! 오라버니도 조심하세요."

"그래, 그럼 출발해라. 늦을라."

시시도 어쩔 수 없이 아쉬움을 담은 인사를 하고 마차에 올랐다.

편무결은 다시 외수 옆으로 와 웃었다.

"이봐, 외수! 자네만 믿겠어. 우리 연이 잘 부탁하네. 다시보세!"

외수가 물끄러미 내려다보다 인사를 했다.

"조심히 가시오."

다시 출발하는 행렬.

넉넉한 웃음의 편무결만 남아 손을 흔들고 있었다.

다시 되돌아가는 길.

백설 위에 올라앉아 남궁세가를 떠나는 순간 다시 본래의
임무로 돌아간 외수.

남궁세가에서의 외도는 기억에서 지워지고, 언제 어디서
어떻게 튀어나올지 모를 보이지 않는 적을 향한 그의 전쟁이
다시 시작되고 있었다.

『절대호위』 5권에 계속…

즐거운
인생

미더라 장편 소설

FUSION FANTASTIC STORY

A Bittersweet Life

삶의 의욕을 모두 잃은 주혁.
어느 날 녹이 슨 금속 상자를 얻는데…….

"분명 어제도 3월 6일이었는데?"

동전을 넣고 당기면 나온 숫자만큼 하루가 반복된다!

포기했던 배우의 꿈을 향해 다시금 시작된 발돋움.
눈앞에 펼쳐진 새로운 미래.

과연 그는 목표를 이루고
인생을 바꿀 수 있을 것인가!

Book Publishing CHUNGEORAM

내일을 향해 쏴라

김형석 장편 소설

FUSION FANTASTIC STORY

1만 시간의 법칙!
'성공은 1만 시간의 노력이 만든다'는 뜻이다.

그러나…
사회복지학과 복학생 수.
전공 실습으로 나간 호스피스 병동에서
미지와 조우하다.

1만 시간의 법칙?
아니, 1분의 법칙!

전무후무한 능력이 수에게 강림하다!
맨주먹 하나로 시작한 수의
인생역전이 시작된다!

Book Publishing CHUNGEORAM

울림이 아닌 자유추구
WWW.chungeoram.com

용마검전
FANTASY FRONTIER SPIRIT
김재한 판타지 장편 소설

「폭염의 용제」, 「성운을 먹는 자」의 작가 김재한!
또다시 새로운 신화를 완성하다!

『용마검전』

사악한 용마족의 왕 아테인을 쓰러뜨리고
용마전쟁을 끝낸 용사 아젤!

그러나 그 대가로 받은 것은 죽음에 이르는 저주.
아젤은 저주를 풀기 위해 기나긴 잠에 빠져든다.

그로부터 220년 후……

긴 잠에서 깨어난 아젤이 본 것은
인간과 용마족이 더불어 살아가는 새로운 세상이었다.

Book Publishing CHUNGEORAM

유행이 아닌 자유추구 -
WWW.chungeoram.com

절대호위

절대호위 2

절대호위 1

진정한 호위 護衛

진정한 호위 護衛

문용신 新무협 판타지 소설

FANTASTIC ORIENTAL HEROES

한량 아버지를 뒷바라지하며
호시탐탐 가출을 꿈꾸던 궁외수.

어린 시절 이어진 인연은
그를 세상 밖으로 이끄는데……

"내가 정혼녀 하나 못 지킬 것처럼 보여?"

글자조차 모르는 까막눈이지만,
하늘이 내린 재능과 악마의 심장은
전 무림이 그를 주목하게 한다.

"이 시간 이후 당신에겐 위협 따윈 없는 거요."

무림에 무서운 놈이 나타났다!